Figures de style

DANS LA MÊME SÉRIE

Conjugaison française, Librio n° 470
Grammaire française, Librio n° 534
Conjugaison anglaise, Librio n° 558
Orthographe française, Librio n° 596
Grammaire anglaise, Librio n° 601
Vocabulaire anglais courant, Librio n° 643
Conjugaison espagnole, Librio n° 644
Le français est un jeu, Librio n° 672
Grammaire espagnole, Librio n° 712
Latin pour débutants, Librio n° 713
L'anglais est un jeu, Librio n° 814
Chinois pour débutants, Librio n° 823
Grand Librio – *Anglais,* Librio n° 830
Vocabulaire espagnol, Librio n° 842
L'espagnol est un jeu, Librio n° 862
It's raining cats and dogs, Librio n° 874
Grand Librio – *Espagnol,* Librio n° 879
Vocabulaire italien, Librio n° 901
Grammaire italienne, Librio n° 905
Conjugaison italienne, Librio n° 906
L'italien est un jeu, Librio n° 920
Le dico du franglais, Librio n° 921
Grand Librio – *Italien,* Librio n° 934
La grammaire est un jeu, Librio n° 950
Vocabulaire allemand, Librio n° 988
Conjugaison allemande, Librio n° 1001

Axelle Beth et Elsa Marpeau

Figures de style

Librio

Inédit

Introduction

Qu'est-ce qu'une figure de style ? Cette question soulève bien des débats depuis Aristote, et aujourd'hui encore dans le milieu de la recherche. Notre propos n'est pas d'entrer dans des discussions de spécialistes, mais d'aborder les figures de style de manière pragmatique, ce qui suppose la simplification de certains concepts, et une certaine économie de nuances. La figure de style est un procédé par lequel on agit sur la langue, en mettant en avant ses particularités, afin d'accentuer son efficacité ou de créer un morceau de bravoure, ou en bouleversant, avec plus ou moins de force, son usage courant : agencement des phrases, choix d'un terme plutôt qu'un autre attendu habituellement, combinaisons particulières de mots...

Une des caractéristiques du langage humain est sa capacité à s'auto-inventer, à l'infini. Les figures de style représentent un ensemble d'outils permettant précisément cette réinvention permanente. On les utilise d'ailleurs quotidiennement, lorsqu'on dit par exemple « j'ai dix mille choses à faire », ou « il nous a quittés »... Dans *Exercices de style*, Raymond Queneau part de la simple description d'une situation et la décline de cent manières différentes. Il démontre à la fois les infinies possibilités de la langue, et combien la forme choisie peut avoir un impact sur la perception et l'interprétation qu'en fera le lecteur. Chaque variante – c'est-à-dire chaque poème de ce recueil – met en œuvre, plus ou moins directement, différentes figures de style. On peut considérer la figure de style comme un indice placé pour provoquer une réaction du lecteur. Chercher les figures de style, ces indices glissés volontairement, n'est pas un objectif en soi, mais permet d'opérer une lecture approfondie du texte – que l'on peut appeler lecture stylistique* –, c'est-à-dire d'en découvrir le sens profond et d'en expliciter l'esthétique.

Quelques présupposés sont indispensables à la fois pour comprendre le mécanisme qui régit une figure de style et pour déterminer l'effet produit sur le lecteur. Il faut d'abord comprendre la différence entre signifié* et signifiant* ; ce sont des termes très souvent nécessaires pour expliquer le fonctionnement d'une figure. Le signifiant est en quelque sorte le contenant, c'est-à-dire le mot pris sur un plan purement phonétique et visuel. Le signifié (ou référent*) correspond au contenu, c'est-à-dire à l'objet, ou à l'idée, véhiculé par un mot donné. Pour appréhender dans sa totalité la signification* d'un mot, il faut à nouveau faire appel à deux notions, elles aussi essentielles : la connotation* et la dénotation*. La dénotation concerne le signifié, autrement dit ce à quoi, très concrètement, fait référence le mot. La connotation en est, quant à elle, la partie « subjective » : c'est l'imagerie que véhicule ce mot. « Papa », « mon père » ou « le paternel » ont la même dénotation, ils désignent tous les trois la même entité. Mais n'ont pas la même connotation, ils ne disent pas la même relation : affection, respect, distance..., et ne témoignent pas du même niveau de langage : enfantin, adulte, familier... C'est de l'association de ces deux notions, dénotation et connotation, que l'on déduit la signification d'un mot. Les figures de style sont bien souvent un jeu sur la connotation des mots et elles ont pour vocation de rechercher l'alchimie, esthétique et rhétorique, entre signifiés et signifiants. Elles jouent également – en les détournant la plupart du temps, en les renforçant parfois – sur les règles qui président à la construction des phrases : la syntaxe*. La syntaxe détermine à la fois l'ordre des mots et la manière dont on les relie entre eux. À nouveau, certaines figures de style ont pour objet le détournement de cet ordre et de ces liens établis pour un usage courant.

Il est pourtant délicat d'affirmer que telle figure produira tel effet : la signification d'une figure de style varie selon chaque texte. Il convient donc au préalable de s'interroger sur la nature du texte que l'on étudie : s'agit-il d'un poème, d'une narration, d'un discours politique, d'un slogan publicitaire... ? De là découlent les « intentions » de ce texte : cherche-t-il à toucher, à convaincre, à décrire... ? Les figures de style servent cette intention et la révèlent tout à la fois. C'est la raison pour laquelle nous avons cherché à illustrer systématiquement les définitions des figures que nous inventorions. Ces exemples vous permettront de comprendre, en situation, les différents procédés que nous aborderons, mais également de voir quels effets ils peuvent produire et comment on peut les interpréter, même si cette interprétation, comme son nom l'indique, ne délivre pas une vérité universelle sur le texte.

Il nous a semblé difficile de proposer une approche purement alphabétique (les termes pour la plupart ne parlent pas d'eux-mêmes). Comment, en effet, trouver à quelle figure de style on a affaire dans un texte ? Pour peu qu'il s'agisse du zeugma, vous auriez à parcourir l'ensemble du livre pour trouver le nom de la figure recherchée...

Nous avons donc choisi de les classer sous des catégories souvent utilisées dans les dictionnaires de ce type[1]. Nous présenterons les figures de mots, qui ont pour objet le signifiant des mots ; les figures de sens, qui ont au contraire pour objet leur signifié ; les figures de construction, qui s'attachent à la combinaison des mots et à leur agencement dans la phrase, voire dans le discours ; les figures de pensée, qui regroupent les conditions d'énonciation* et la dialectique* mise en place dans le discours.

Au sein de ces quatre parties, vous trouverez des entrées secondaires, qui explicitent la manière dont les figures de

1. Selon la typologie définie par Olivier Reboul, *Le Rhétorique*, PUF, collection « Que sais-je ? », 5e édition, 1996.

style agissent sur la langue. Vous pourrez cependant vous référer à l'index situé en fin d'ouvrage pour trouver facilement une figure de style dont vous connaîtriez déjà le nom.

Les termes suivis d'un astérisque sont définis dans le lexique.

I

Figures de mots

Les figures dites « de mots » sont celles qui utilisent le matériel sonore et visuel que représentent les mots, autrement dit celles qui jouent sur le signifiant* – le mot comme contenant.

Plus prosaïquement, ces figures ont pour effet d'attirer l'œil ou l'oreille sur un mot, une phrase... Elles provoquent une attention particulière, qui conduit à une certaine expérience esthétique et incite à déduire un sens singulier. Souvent, elles favorisent également le souvenir : on verra notamment des exemples de slogans, publicitaires ou politiques, fondés sur l'emploi d'une figure de mots qui facilite grandement la mémorisation de la formule.

Nous aborderons ces figures à travers trois types d'intervention qu'elles peuvent opérer sur le matériel sonore et lexical des mots :

- les figures qui ont pour objet les *sonorités* : mise en relief de sons, notamment par leur répétition ; rapprochements sonores ;
- les figures qui opèrent un *jeu de mots* sur la base de ce matériel, se confrontant à l'arbitraire du signe* dont est fait le mot, pour en tirer du sens, ou le mettre en question ;
- les procédés qui consistent en une *création* ou *modi-*

fication du mot, répondant à une certaine insuffisance du langage dans la recherche d'un effet particulier, voire d'une esthétique nouvelle.

1) Sonorités

Allitération

L'allitération est fondée sur la répétition de consonnes **produisant** des sons identiques ou proches. On distingue cinq « familles de consonnes » selon l'endroit où le son est produit :

- les labiales : b, p, f, m, v ;
- les dentales : d, t, l ;
- les palatales : ch, j, gn ;
- les vélaires : k, g, w ;
- et les uvulaires : r

Bien sûr, une allitération basée sur un type de consonances n'aura pas le même impact qu'une autre suite de sons proches.

Lorsque tous les mots d'une phrase ou d'un vers commencent par la même consonne, on parle de vers ou de phrase **tautogramme**. C'est un cas particulier de l'allitération.

« Il promène sur le globe oculaire la curiosité de ses pattes qui semblent trifurquées, quoiqu'elles ne le soient pas. »
[...] « Dans ce profond silence seul compatible avec son délicieux bruissement, vit la santé. »
[...] « Innocent et bientôt oublieux... jusqu'à la prochaine fois. »

Henri Michaux, « Animaux fantastiques », in *Lointain intérieur*.

Dans ce poème, Michaux exprime la douleur et l'impuissance que provoque la maladie, et décrit ses délires terrifiants. La première phrase s'inscrit au cœur des terribles tortures qu'elle inflige au malade, symbolisées par l'émergence et l'attaque d'animaux aussi fantastiques que monstrueux. Les sonorités tout en nasales et gutturales, sont très dures. Elles soulignent la violence de l'état que Michaux décrit. La deuxième phrase exprime, juste avant la fin du poème, l'intense soulagement de la guérison. Cette douceur, en contrepoint avec les atroces souffrances qu'il vient de décrire, est vivement renforcée par la double allitération de sifflantes et de labiales, devenant ici symboles sonores de vie et de sérénité. La troisième phrase, la dernière du poème, continue dans un premier temps ce dernier agencement sonore. Les points de suspension induisent une rupture dans l'allitération qui devient à nouveau gutturale et nasale, sonorités laissant présager une suite plutôt sombre.

Assonance

L'assonance est formée par la répétition de sons vocaliques. Les voyelles, diphtongues (au, ou, ai...) ou syllabes vocaliques (on, an, un...), parce qu'elles sont répétées, forment un effet sonore particulier.

« Les sanglots longs
Des violons
De l'automne
Blessent mon cœur
D'une langueur monotone. »

Paul Verlaine, « Chanson d'automne », in *Poèmes Saturniens*

Dans ces premiers vers de la « Chanson d'automne », la répétition de sons vocaliques identiques (« o », « au », et, très proches phonétiquement, « an », « on ») reproduit cette « langueur monotone », symptôme d'une nostalgie que décrit Verlaine. Cette assonance souligne, de façon sonore, la mélancolie qui se dégage du poème.

Écho sonore

L'écho sonore est une répétition de sons qui relie musicalement deux groupes de mots, deux vers, deux hémistiches, deux membres de phrase...

« Tu rappelles ces jours blancs, tièdes et voilés,
Qui font se fondre en pleurs les cœurs ensorcelés »

Charles Baudelaire, « Ciel brouillé », in *Les Fleurs du mal*

Dans ces vers, Baudelaire conçoit un double écho entre les mots font et fondre, et pleurs et cœurs, reproduisant de façon sonore ce qu'il exprime (les pleurs). Cet écho produit un second effet : il induit une pause dans la diction après « les cœurs », mettant en exergue, musicalement aussi, l'adjectif « ensorcelés ».

Harmonie imitative

L'harmonie imitative consiste à utiliser des mots qui, par leur son, tendent à reproduire un bruit. Elle peut faire appel à des procédés tels l'**allitération**, l'**onomatopée** (un mot créé et utilisé uniquement pour sa sonorité, qui cherche à reproduire un bruit) ou la **cacophonie** (un assemblage disharmonieux de mots qui provoque un effet désagréable à l'oreille).

« Un feu de ferme flambe au fond de ce désert
Aux herbes des fossés s'accroupit le silence
Un aéro dit son rosaire et te balance
Une fusée au-dessus d'Ablain Saint-Nazaire »

Louis Aragon, « La nuit de mai », in *Les Yeux d'Elsa*

En multipliant l'utilisation de sonorités sifflantes (voir **allitération**), Aragon reproduit le son de la scène qu'il décrit, un paysage de guerre envahi par le bruit des armes à feu. Dans cette harmonie imitative, les sonorités renforcent ce qui est dit et le rendent plus sensible.

Hiatus

On parle de hiatus lorsque la voyelle qui termine un mot rencontre la voyelle qui commence le suivant, créant un heurt dans la prononciation.

« J'ai suivi, des mois pleins, pareille aux vacheries
Hystériques, la houle à l'assaut des récifs,
Sans songer que les pieds lumineux des Maries
Pussent forcer le mufle aux océans poussifs ! »

Arthur Rimbaud, « Le bateau ivre », in *Poésies*

Dans ce passage du « Bateau ivre », Rimbaud marque délibérément la diction, qui se heurte à la prononciation de deux « i » successifs. En marquant ainsi la prononciation d'une hachure dans les sonorités, il induit une dureté et une violence qui ne font que renforcer la description de ce tumulte.

Homéotéleute

L'homéotéleute est une forme de rime à l'intérieur d'une même phrase. Au sein de cette phrase, des mots ayant la même terminaison sonore se succèdent et se relient ainsi phonétiquement entre eux.

L'homéotéleute, en ce qu'elle rapproche des termes de manière sensible, peut s'avérer fort utile dans la création de slogans. Elle leur donne en outre une certaine puissance en les rendant très facilement mémorisables par la force de la rime. Qui a oublié par exemple le slogan publicitaire :

« Du pain, du vin, du boursin »

Cette figure peut également, dans un cadre purement littéraire, conférer une force d'évocation supplémentaire à un texte, comme dans ce passage :

« C'est les ricochets du massacre !... Les tôles tambourinent !... Les suppliants pâment et s'écroulent ! La cohue chavire !... Le convoi s'affaisse... le parapet crève ! La ribambelle des camions chahute... bahute... culbute aux flots !... »

Louis-Ferdinand Céline, in *Guignol's Band*

Répondant par l'effet implicite des sonorités aux « ricochets du massacre », la rime en « ute » imite pour ainsi dire l'affolement de cette scène de guerre.

Paronomase

La paronomase rapproche des paronymes, c'est-à-dire des mots qui se ressemblent beaucoup sur le plan des sonorités mais qui n'ont pas le même signifié*. Cette proximité sonore sert à renforcer l'association sémantique* entre ces deux mots.

« Veni, vidi, vici » (« *Je suis venu, j'ai vu, j'ai vaincu* »)

Dans cette phrase célèbre, César utilise la paronomase pour donner un caractère d'évidence à sa victoire. Cet effet est redoublé par la présence d'une autre figure de style, l'**asyndète**, qui, en annihilant tout lien de causalité ou de temporalité dans la phrase, confère à l'évidence une qualité quasi divine.

2) JEUX DE MOTS

Anagramme

Faire une anagramme consiste à composer un mot à partir des lettres d'un autre. Le rapprochement visuel ainsi créé entre deux signifiants tend à rapprocher les deux signifiés.

« Marie, qui voudroit vostre beau nom tourner,
Il trouveroit Aimer : aimez-moi donq Marie,

Faites cela vers moi dont vostre nom vous prie,
Vostre amour ne se peut en meilleur lieu donner »

Pierre de Ronsard, « Sonnet à Marie », in *Les Amours*

Dans ce sonnet, Ronsard fonde sa déclaration d'amour sur l'anagramme entre Marie et aimer. Grâce à ce procédé, sa demande d'amour n'est plus la sienne, mais celle de l'évidence qu'imposent les mots : « cela dont vostre nom vous prie ».

Contrepèterie

La contrepèterie est un jeu de mots qui consiste à intervertir des lettres ou des syllabes de deux mots pour créer un sens tout à fait différent du premier.

« À peur de flots »

Robert Desnos, in *Prospectus*

En préambule à son recueil, *Prospectus*, Robert Desnos inscrit ces mots. Il s'agit d'une contrepèterie fondée sur l'expression « À fleur de peau » : Desnos a permuté la première consonne des deux mots principaux. S'inscrivant dans le mouvement surréaliste, ce type de jeu sur le langage interroge l'arbitraire de la langue, le détourne, voire cherche à le détruire. Il introduit aussi une manière autre, poétique, de voir les choses en les renversant.

Isolexisme

On parle d'isolexisme lorsque l'on utilise dans une phrase plusieurs mots ayant le même radical. On parle aussi de **dérivation** ou de **polyptote**.

« Dans les coulisses du progrès
des hommes <u>intègres</u> poursuivaient <u>intégralement</u> la
<u>désintégration</u> progressive de la matière vivante
désemparée. »

Jacques Prévert, « Tout s'en allait », in *La Pluie et le Beau Temps*

Cette phrase, qui clôt le poème, utilise le procédé de l'isolexisme qui relie les termes « intégralement » et « désintégration » à l'adjectif « intègres ». Ces trois termes ont, en effet, le même radical. Après avoir dépeint la débâcle d'un monde en ruine et d'une humanité en perdition, autant d'effets de la guerre, il dénonce ces hommes qui, sous couvert d'intégrité, n'ont aucune limite (« intégralement ») à la destruction si ce n'est le chaos (« désintégration »). Par l'intermédiaire de cette figure, Prévert démasque, grâce à la métamorphose d'une même racine, ceux qu'il condamne.

Lipogramme

Le lipogramme est une contrainte que l'auteur décide pour son texte : une certaine lettre, déterminée à l'avance, ne doit pas y figurer.

Dans son roman *La Disparition*, Georges Perec a décidé que le « e », voyelle la plus utilisée de la langue française, n'apparaîtrait à aucun moment. Il a étendu ce procédé aux mots et proposé de parler de « liponomie » lorsque l'on choisit d'écrire un texte en évitant d'employer certains mots. Sur ce modèle, *Les Contes sans qui ni que* (de Henry de Chenevières) ne comprennent, conformément au défi lancé par le titre, aucun « qui » ou « que ».

3) Modification et création de mots

Archaïsme

Un archaïsme est un mot ancien qui n'a plus cours dans le langage courant et qui est employé volontairement pour sa connotation* vieillie (éventuellement érudite ou anachronique).

Dans le langage courant, l'emploi de l'archaïsme peut avoir pour objectif de donner de la noblesse à la langue –

lorsqu'on dit « j'ai ouï dire », au lieu de « j'ai entendu dire », par exemple.

Dans une optique plus poétique*, c'est ce même verbe, déjà archaïque à son époque, qu'Apollinaire emploie au futur – forme d'autant plus ancienne – dans cette strophe du « Brasier » :

« Et le troupeau de sphinx regagne la sphingerie
À petits pas Il orra le chant du pâtre toute la vie
Là-haut le théâtre est bâti avec le feu solide
Comme les astres dont se nourrit le vide »

Guillaume Apollinaire, « Le Brasier », in *Alcools*

Cet archaïsme se situe dans un poème où Apollinaire met littéralement le feu au passé. On notera qu'il est placé à proximité d'un néologisme « sphingerie », comme si ce terme était la marque formelle de la métamorphose du passé au futur, ou à un présent éternel.

Lexicalisation

La lexicalisation est une opération qui consiste à substantiver un mot ou un groupe de mots.

« Nous ne possédons rien au monde – car le hasard peut tout nous ôter – sinon le pouvoir de dire je. C'est cela qu'il faut donner à Dieu, c'est-à-dire détruire. Il n'y a absolument aucun autre acte libre qui nous soit permis, sinon la destruction du je. »

Simone Weil, in *La Pesanteur et la Grâce* (« Idolâtrie »)

Dans ce passage, Simone Weil opère une lexicalisation du pronom personnel « je », en le substantivant : « la destruction du je ». Elle appuie ainsi le sens de son propos, induisant le pouvoir que l'on peut précisément avoir sur cette entité. L'emploi de cette figure indique, en effet, que l'on peut nommer comme extérieure à soi, comme un objet sur lequel réside notre seule puissance parce que c'est le seul que l'on possède vraiment.

Rimbaud avait plus tôt créé la même lexicalisation, lorsqu'il écrivait à Paul Demeny : « Je est un autre » (*Correspondances,* 15 mai 1871). Par ce procédé, il énonçait déjà de façon poétique ce que la psychanalyse allait théoriser quelque temps plus tard : notre personnalité est régie par des forces qui nous sont étrangères, du moins étrangères à notre conscience. Quand Sigmund Freud expose sa vision de l'appareil psychique, c'est à nouveau à la lexicalisation qu'il fait appel. Lorsqu'il parle d'« inconscient » ou, dans un second temps, de « ça », c'est cette figure qui lui permet de renouveler un langage qui ne suffit plus compte tenu de ses découvertes. D'adjectif, inconscient devient nom – l'inconscient –, de la même façon que le pronom ça est substantivé pour les besoins d'une terminologie nouvelle – le ça .

Métaplasme

Le métaplasme est un terme générique qui regroupe toutes les figures par lesquelles l'auteur s'autorise à altérer un mot.

Cette altération peut passer par la suppression d'une lettre ou d'une syllabe (que l'on appellera phonème). C'est le cas de :

- l'**aphérèse** où un phonème est supprimé en début de mot, M'dame, par exemple ;
- l'**apocope** où un phonème est supprimé à la fin du mot ;
- la **syncope** où un phonème est supprimé au milieu du mot.

Elle peut également se faire par l'ajout d'une lettre ou d'une syllabe :

- Dans l'**épenthèse**, un phonème est ajouté au milieu du mot. C'est le cas du célèbre juron du père Ubu dans *Ubu roi* d'Alfred Jarry : « Merdre ! », qui est devenue l'emblème de son absurdité grotesque.

- Dans la **prosthèse**, un phonème est ajouté au début du mot.
- Dans la **gémination**, la première syllabe du mot est doublée. La manière que le père d'Eugénie Grandet a d'appeler sa fille : « fifille », par exemple.
- Dans l'**étirement**, un phonème du mot est allongé de façon très appuyée pour lui donner une sensibilité plus forte ou pour indiquer, à la manière de l'**onomatopée**, comment ce mot est implicitement prononcé.

La **métathèse** est un métaplasme qui intervertit deux consonnes (aréoport, par exemple), dénotant la plupart du temps une mauvaise connaissance du mot par le personnage auquel on donne la parole.

Enfin, la **diérèse** divise une syllabe en deux sons distincts dans la prononciation d'un mot. Cette figure est souvent utilisée en poésie pour la nécessité métrique, c'est-à-dire pour le rythme (nombre de pieds) du vers. Ainsi, on lira parfois passi-on au lieu de passion par exemple.

Mot forgé

Le mot forgé est la création d'un mot nouveau qui n'est fondé sur aucune racine existante, ce en quoi il se distingue du **néologisme**.

« Il l'emparouille et l'endosque contre terre ;
Il le rague et le roupète jusqu'à son drâle ;
Il le pratèle et le libucque et lui barufle les ouillais ;
Il le tocarde et le marmine
Le manage rape et ri et ripe à ra.
Enfin, il l'écorcobalise.
L'autre hésite, s'espudrine, se défaisse, se torse et se ruine.
C'en sera bientôt fini de lui ;

Il se reprise et s'emmargine... mais en vain
Le cerveau tombe qui a tant roulé »

Henri Michaux, « Le grand combat », in *Qui je fus*

À l'occasion de ce grand combat, Michaux invente des mots qui ne sont pas la dérivation de racines existantes. Ils constituent bien la naissance d'un nouveau langage, conférant à cette scène une truculence qui n'est pas sans rappeler celle d'un Rabelais, auquel Michaux rend sans doute hommage par le biais de ces mots forgés.

Mot-valise

On appelle mot-valise un terme qui a été créé à partir de deux mots contractés en un mot unique parce qu'une homophonie partielle le permet. Ce mot-valise ainsi créé conserve une part suffisante de chacun des deux mots le composant, de manière que ces derniers restent identifiables.

« – Enfant, enfant, enfant, connais-tu les pompes voluptiales ? Voici les bonbons de mes jeunes seins, touche comme ma chevelure d'un noir tendre est sensuelle, sens, sens un brin de mes pubéreuses !... Ô rancœurs ennuiverselles ! expériences nervicides, nuits martyrriséennes ! – Aime-moi à petit feu, inventorie-moi, massacre-moi, massacrilège-moi ! »

Jules Laforgue, « Lohengrin, fils de Parsifal »,
in *Moralités légendaires*

Dans cet extrait, Elsa, une jeune vestale, vient de quitter son culte pour suivre Lohengrin qui a choisi de l'épouser. Elle crée un langage amoureux et érotique dont elle ignore les usages : les vestales de l'Antiquité romaine, prêtresses de Vesta, étaient vouées à la chasteté ; elles avaient pour rôle d'entretenir le feu sacré. Cette invention – et peut-être, à un second degré, réinvention du langage de la part du poète – s'établit par l'utilisation de **néologismes** : « pubéreuses » ; « nervicides », « martyrriséennes », mais aussi par la conception de mots-valises. Ainsi, « voluptiales » est la contraction de volupté et de nuptiales ; « ennuiverselles », d'ennui et d'universelles ; et « massacrilège », de massacre et de sacrilège.

Néologisme

On parle de néologisme lorsqu'un auteur emploie un mot qu'il a lui-même créé sur la base d'une racine lexicale existante.

« Le cœur fou Robinsonne à travers les romans »

Arthur Rimbaud, « Roman », in *Poésies*

Dans ce passage, Rimbaud crée le verbe « robinsonner », par référence au nom de Robinson Crusoë. On pourrait remplacer ce verbe par « musarder », par exemple. Mais ce mot créé a une force de connotation* supérieure : il évoque la solitude, l'aventure, la jeunesse, un certain héroïsme...

Périgrinisme

Le périgrinisme est un procédé qui fait appel à certains aspects d'une langue étrangère : mots partiellement ou totalement empruntés, formes syntaxiques importées..., induisant une signification*, c'est-à-dire un signifié* et/ou une connotation*, différente.

« Je crois à l'efficacité de la réflexion parce que je crois que la grandeur de l'homme est dans la dialectique du travail et de la parole ; le dire et le faire, le signifier et l'agir sont trop mêlés pour qu'une opposition durable et profonde puisse être instituée entre "theoria" et "praxis". »

Paul Ricœur, in *Histoire et vérité* (Préface)

Dans ce passage, Paul Ricœur fait appel à deux mots transcrits du grec : « theoria » et « praxis ». L'usage de mots étrangers en philosophie tient souvent à la recherche de l'équivalence parfaite qui existe dans une langue entre un concept et le mot qui le désigne, et qu'une traduction rendrait approximative. C'est sans doute le cas ici, même si l'on pourrait prêter à ce périgrinisme une fonction d'écartement, la marque formelle d'une prise de distance. En effet, la distinction entre deux concepts, que Ricœur tend justement à ne pas séparer, est ainsi placée comme étrangère, n'ayant pas, ou plus, lieu (ces mots ont ici un caractère doublement étranger : géographiquement et temporellement).

II

Figures de sens

Contrairement aux *figures de mots* qui ont pour objet le signifiant* des mots, les *figures de sens* se penchent sur leur signifié*. On les appelle également « *tropes* », un terme qui vient du grec, *tropos*, et signifie étymologiquement détour, conversion. Or, c'est précisément de cela qu'il s'agit : les *tropes* ou *figures de sens* ont pour vocation d'opérer un transfert sémantique* sur les mots ou groupes de mots qui sont leur objet. Elles substituent à leur sens littéral un sens figuré.

Dans son ouvrage de référence, *Des tropes ou des différents sens*, Dumarsais définit ainsi ce type de figures : « Elles sont ainsi appelées parce que, quand on prend un mot, dans le sens figuré, on le tourne pour ainsi dire, afin de lui faire signifier ce qu'il ne signifie point dans le sens propre. » Ces figures ont pour lui une triple vocation : réveiller une idée principale par le moyen d'une idée accessoire ; rendre le discours plus énergique, plus beau, plus noble... ; enrichir le langage en multipliant l'usage des mots. La qualité qui en fait des *figures de sens* est la suivante : elles apportent une plus-value sémantique* au propos qu'elles ornent, c'est-à-dire un niveau de signification* plus élevé (plus précis, plus vivant, plus mystérieux...).

Pour opérer ce transfert d'un sens littéral à un sens figuré, les *tropes* peuvent intervenir de différentes manières sur le langage :

- ➢ Dans les figures de la *contiguïté*, le transfert est opéré par l'utilisation d'une chose ou d'une idée qui en représente une autre et avec laquelle elle entretient un rapport. Ces deux entités font pour ainsi dire partie du même monde. On opère ici par glissement ou extension de sens.
- ➢ Les figures de l'*association* introduisent, au contraire, ce que l'on appelle une rupture d'isotopie*. On associe deux choses ou idées qui n'ont *a priori* rien à voir et que l'on met en regard pour délivrer une signification* plus forte, plus expressive. Le sens s'en trouve enrichi.
- ➢ Les figures du *double sens* ont quant à elles pour objet la polysémie, c'est-à-dire l'ambiguïté du langage, et en jouent pour proposer un sens nouveau.

1) Contiguïté

Antonomase

L'antonomase utilise un nom propre comme nom commun (un Don Juan, par exemple), ou l'inverse.

« Ô revenants bleus de Vimy vingt ans après
Morts à demi Je suis le chemin d'aube hélice
Qui tourne autour de l'obélisque et je me risque
Où vous errez Malendormis Malenterrés »

Louis Aragon, « La nuit de mai », in *Les Yeux d'Elsa*

Dans ce passage de « La nuit de mai », Aragon apostrophe les morts de la Grande Guerre. En ajoutant une majuscule aux adjectifs qui les qualifient, Aragon en fait des noms propres. L'antonomase devient ici une forme d'hommage pour ceux qui n'ont eu pour sépulture que celle qu'Aragon décrit ainsi quelques lignes plus tôt :

« dans l'herbe sans couronnes
La terre un trou la date et le nom sans ci-gît »

Les mots, par le biais de cette figure, leur redonnent en quelque sorte « couronnes » et « ci-gît ». Ce ne sont plus des morts anonymes puisqu'ils sont d'une certaine manière rebaptisés par Aragon, même si ces nouveaux noms sont en outre un vrai procès dressé par le poète à l'indifférence, à l'oubli...

Hypallage (mot féminin)

On parle d'hypallage lorsque l'on qualifie un mot alors que cette qualification se rapporte logiquement à un autre mot de la phrase.

« Et pendant qu'il séchait ce haillon désolé
D'où ruisselaient la pluie et l'eau des fondrières,
Je songeais que cet homme était plein de prières
Et je regardais, sourd à ce que nous disions
Sa bure où je voyais des constellations »

Victor Hugo, « Le Mendiant », in *Les Contemplations* (Livre V, IX)

Dans ce poème, le narrateur fait entrer chez lui un pauvre vieillard vêtu de haillons. L'adjectif « désolé » se rapporte bien sûr au vieillard davantage qu'à son manteau qui sèche devant le feu. En décalant ainsi sa qualification, Hugo pratique l'hypallage. L'utilisation de ce procédé n'est pas innocente : il permet de dire implicitement que la misère du mendiant est simplement matérielle, par opposition à une richesse spirituelle, céleste, illustrée par les « constellations » que sont, dans l'imaginaire du narrateur, les lueurs du feu qui brillent à travers les trous du manteau.

Métalepse

La métalepse désigne une chose par une autre, utilisant implicitement une relation d'analogie qui relie ces deux choses et permet au lecteur de savoir immédiatement de quoi on parle.

Henri Morier puise dans la Bible un exemple type de métalepse :

« C'est par métalepse que parle souvent la Bible. Saraï, femme d'Abram étant stérile et désirant que son mari ait une descendance, lui dit : "Viens, je te prie, vers ma servante..." Abram consent : "Il alla donc vers Agar" (Genèse XVI, 2 et 4). Le patriarche rachète la glaneuse et la prend pour épouse : ainsi Booz prit Ruth, qui devint sa femme : il alla vers elle... (le Livre de Ruth, IV, v. 13). Le verbe "connaître" remplit le même office : "Elkana connut Anne, sa femme ; et l'Éternel se souvint d'elle." (Livre de Samuel, I, 19). »

Henri Morier, in *Dictionnaire de poétique et de rhétorique*

Métonymie

La métonymie substitue à un terme un autre qui est lié au premier par un rapport logique. Elle utilise le rapport de contiguïté qui existe entre deux choses et qui rend implicite la compréhension lorsque l'on emploie l'un pour l'autre. Lorsque l'on dit « boire un verre », « voir un Hitchcock », par exemple, on utilise une métonymie.

« Du bord des panneaux armoriés, des regards indifférents tombaient sur la foule ; des yeux pleins d'envie brillaient au fond des fiacres ; des sourires de dénigrement répondaient aux ports de tête orgueilleux ; des bouches grandes ouvertes exprimaient des admirations imbéciles »

Gustave Flaubert, in *L'Éducation sentimentale*

Dans ce passage où Flaubert décrit un embouteillage sur les Champs-Élysées, l'usage de la métonymie se fait systématique : les portières des voitures sont présentées par leur matériau (« panneaux armoriés »), et les personnages de la scène par des morceaux de visages (« regards », « yeux », « sourires », « ports de tête », « bouches »). De cette manière, Flaubert reproduit une vision fragmentée de la scène, telle, peut-être, qu'elle est perçue par les personnages en situation.

Périphrase

La périphrase remplace un mot par une expression qui le décrit sans le nommer et lui confère un sens* et une connotation* supplémentaires.

« J'ai beau tirer le câble à sonner l'Idéal,
De froids péchés s'ébat un plumage féal »

Stéphane Mallarmé, « Le Sonneur », in *Poésies*

Dans cet extrait, Mallarmé utilise une périphrase (« le câble à sonner l'Idéal ») pour désigner la corde qui sert à sonner la cloche. Il introduit grâce à ce procédé un regard particulier sur cette corde, celui du sonneur, qui se distingue d'une simple description. L'association d'un terme technique (câble) et d'un concept spirituel (l'Idéal) dans cette périphrase confère à ce regard une distance, une incrédulité et un désenchantement qui annoncent l'état d'esprit du personnage. Le poème se clôt ainsi :

« Mais, un jour, fatigué d'avoir enfin tiré,
Ô Satan, j'ôterai la pierre et me pendrai. »

Synecdoque

La synecdoque est un cas particulier de la **métonymie**. On parle de synecdoque lorsqu'un terme est substitué à un autre et que le rapport entre le terme utilisé et le terme sous-entendu est celui d'une inclusion : on utilise le tout pour désigner la partie, ou l'inverse.

« L'hymen chez les Romains n'admet qu'une Romaine.
Rome hait tous les Rois, et Bérénice est Reine »

Jean Racine, in *Bérénice* (acte I, scène 5)

Dans ces vers, Racine utilise la ville (« Rome ») pour désigner ses citoyens, il y a synecdoque. Il est intéressant de noter ici que lorsque l'auteur emploie le terme « Romains », il ne l'utilise pas comme sujet de la phrase. C'est une notion abstraite, « l'hymen », (elle-même d'ailleurs **métonymie**), qui est sujet. En revanche, pour désigner la même entité, cette fois sujet de la phrase, c'est la ville qu'il choisit. Ce procédé met en relief la force des mœurs, de ces institutions inébranlables qui sont subies plus qu'agies par ceux qui vivent sous leurs lois. Cette synecdoque dans l'acte d'exposition est d'ores et déjà un indice annonçant la dimension tragique de la pièce. À l'acte II, lorsque la tragédie éclate (Titus ne peut épouser Bérénice alors que tous deux s'aiment passionnément, parce que la tradition romaine s'y oppose), le ressort tragique – ici l'incompatibilité entre la passion et le devoir – est révélé. Racine use alors de la même synecdoque, faisant écho à sa première occurrence, l'explicitant et la confirmant :

« Rome, par une loi qui ne se peut changer
N'admet avec son sang aucun sang étranger,
Et ne reconnaît point les fruits illégitimes
Qui naissent d'un hymen contraire à ses maximes. »

(acte II, scène 2)

2) Association

Allégorie

On parle d'allégorie lorsqu'une idée est représentée sous une forme matérielle et vivante.

« Là pour nous enchanter tout est mis en usage ;
Tout prend un corps, une âme, un esprit, un visage.
Chaque vertu devient une divinité :
Minerve est la prudence, et Vénus la beauté.
Ce n'est plus la vapeur qui produit le tonnerre ;
Un orage terrible aux yeux des matelots,
C'est Neptune en courroux qui gourmande les flots ;
Écho n'est plus un son qui dans l'air retentisse,
C'est une nymphe en pleurs qui se plaint de Narcisse. »

Nicolas Boileau, in *L'Art poétique* (chant III)

Ce passage de *L'Art poétique* est consacré à l'épopée. Boileau y délivre une définition du procédé de l'allégorie, récurrent dans ce genre littéraire : « Tout prend un corps, une âme, un esprit, un visage ». Il cite de célèbres exemples de divinités antiques qui donnent corps à des idées : « prudence », « beauté », ou qui confèrent aux éléments existence et volonté : l'orage est la conséquence de la colère de Neptune, quand l'écho est la plainte d'une nymphe.

Apposition

L'apposition est un procédé qui permet de qualifier un terme en lui rattachant d'autres mots ou groupes de mots qui sont placés à sa suite (généralement après une virgule) pour expliciter le premier, le rendre plus expressif. On parle également d'**épithétisme**.

« J'avais attendu devant la grille longtemps. Une grille qui faisait réfléchir, une de ces fontes vraiment géantes, une treille terrible de lances dressées comme ça en plein noir. »

Louis-Ferdinand Céline, in *Casse-Pipe*

La seconde phrase de cet extrait de *Casse-Pipe* est une apposition à part entière. On passe, par le biais d'une succession d'appositions, d'une simple description (« la grille ») à une image (« une treille terrible de lances dressées »), qui est cette fois l'évocation du ressenti du narrateur.

Si la grille est simplement désignée dans un premier temps : article défini, mot représentant directement son référent*, l'apposition fait passer le propos à une vision bien plus imagée, subjective. Le narrateur utilise alors un article indéfini qui indique son absence de familiarité avec un objet que cette apposition rend tout à fait inquiétant. On passe ainsi d'une simple dénotation* à une connotation* particulière, celle du narrateur. En ce sens, l'apposition caractérise davantage l'état du personnage qu'elle ne décrit l'objet grille.

Comparaison

La comparaison met en miroir deux éléments (mots ou groupes de mots) et utilise le second pour représenter de façon plus concrète, plus explicite, plus sensible le premier. On peut parler de comparaison lorsque figurent : un comparé, un comparant et un terme les reliant, appelé comparatif (tel, comme, ainsi que...).

« Si le théâtre essentiel est comme la peste, ce n'est pas parce qu'il est contagieux, mais parce que comme la peste il est la révélation, la mise en avant, la poussée vers l'extérieur d'un fond de cruauté latente par lequel se localisent sur un individu ou sur un peuple toutes les possibilités perverses de l'esprit. Comme la peste il est le temps du mal, le triomphe des forces noires, qu'une force encore plus profonde alimente jusqu'à l'extinction. »

Antonin Artaud, « Le Théâtre et la peste »,
in *Le théâtre et son double*

Dans ce passage, Artaud utilise la comparaison entre la peste et le théâtre pour dire, avec toute la force d'évocation que suscite cette maladie, ce qu'est, du moins ce que doit être, le théâtre qu'il appelle « essentiel ». Il utilise les connotations associées de manière ancestrale à cette grande maladie pour dégager une description très tangible de cette part d'ombre dont il projette l'avènement par le théâtre.

Compensation

La compensation modifie la connotation* d'un mot ou d'un groupe de mots en le contrebalançant par un mot apportant une connotation* contraire.

« J'attends le doux veuvage
J'attends le deuil heureux »

Jacques Prévert, « J'attends », in *La Pluie et le Beau Temps*

Dans ce passage, qui sera repris comme un refrain tout au long du poème, Prévert associe des mots que leur connotation* habituelle ne permettrait pas d'associer (douceur et veuvage ; deuil et bonheur). Il les met dans la bouche d'une femme trahie par son mari et marque par cette compensation une colère et une haine qui ne sont pas dites explicitement.

Correspondances

Les correspondances sont les liens d'analogie que l'auteur peut faire ressortir entre deux éléments de registres sensoriels différents. Le concept de correspondances a été introduit en France par Baudelaire. Il se fonde sur la synesthésie, c'est-à-dire sur la relation que peuvent entretenir entre eux deux sens différents, un son qui évoquerait une couleur ou un paysage, par exemple.

« Il est des parfums frais comme des chairs d'enfants,
Doux comme le hautbois, verts comme des prairies »

Charles Baudelaire, « Correspondances », in *Les Fleurs du mal*

Dans ces deux vers, Baudelaire donne un exemple de correspondances qu'il définit ainsi :

« Comme de longs échos qui de loin se confondent
Dans une ténébreuse et profonde unité,
Vaste comme la nuit et comme la clarté,
Les parfums, les couleurs et les sons se répondent. »

Il y décrit des parfums qui deviennent plus tangibles grâce à l'utilisation des correspondances. Avec le toucher d'abord (les chairs d'enfants), l'ouïe ensuite (le hautbois), la vue enfin (le vert des prairies).

Métaphore

La métaphore rapproche un comparé et un comparant. À la différence de la **comparaison**, elle ne fait pas appel à un comparatif, rendant le lien qui les unit implicite (et plus ou moins intelligible).

On distingue deux types de métaphores :

- la métaphore dite ***in praesentia*** où le comparé est présent.

« Mon brave, n'oublions pas que les petites émotions sont les grands capitaines de nos vies et qu'à celles-là les y obéissons sans le savoir. »

Vincent Van Gogh, in *Lettres à son frère Théo* (juillet 1880)

Dans cet extrait d'une lettre à son frère Théo, Van Gogh utilise une image militaire pour décrire le pouvoir de ces « petites émotions ». Il y a ici une comparaison implicite : pas de comparatif ; le comparé est présent : il s'agit bien d'une métaphore *in praesentia*, qui évoque, grâce à la force d'une comparaison avec une situation militaire, l'emprise sans appel des petites émotions sur notre vie.

- la métaphore dite ***in absentia*** où ne figure que le comparant. L'auteur introduit dès lors une forme d'énigme : au lecteur de deviner ce à quoi il fait référence.

On peut lire le célèbre slogan de mai 68 « Sous les pavés, la plage ! » comme une métaphore multiple, *in abstentia*, c'est-à-dire qui laisse deviner sa signification* cachée. Voilà par exemple la lecture qu'en fait Olivier Reboul (*Le slogan*) : « Certains s'indignent de sa brutale démagogie.

D'autres s'enchantent de ce joyau poétique, qui en cinq mots n'ouvre pas moins de trois métaphores : pavés pour violence, émeute, révolution ; plage pour fête, communion, eau, soleil, nudité, innocence ; sous pour après : l'image spatiale tout à fait insolite, rend la promesse visible et sensible, un "après" qui est déjà là. Le court poème en prose exprime le paradoxe de la révolution : à la fraternité par la violence, à la paix par le combat. »

➢ On parle de **métaphore filée** lorsque la métaphore est prolongée par l'utilisation répétée d'une même terminologie.

« Bergère ô tour Eiffel le troupeau des ponts bêle ce matin »

Guillaume Apollinaire, « Zone », in *Alcools*

Au début de « Zone », Apollinaire compare ainsi la tour Eiffel à une bergère. Il file la métaphore en comparant les ponts de Paris à un troupeau de moutons, puis en leur prêtant un bruit animal (« bêle »). Une manière d'inscrire l'urbain dans un décor champêtre et d'interroger la modernité en la plaçant dans un référentiel traditionnel.

Oxymore (ou **oxymoron**)

L'oxymore rapproche syntaxiquement deux termes qui s'opposent en temps normal.

« Prends ce sac, Mendiant ! tu ne le cajolas
Sénile nourrisson d'une tétine avare
Afin de pièce en pièce en égoutter le glas. »

Stéphane Mallarmé, « Aumône », in *Poésies*

La liaison des termes « sénile » et « nourrisson » est en soi un non-sens. Ici, il s'agit d'un oxymore, qui accroît l'expressivité du texte. En liant ces deux termes antinomiques, Mallarmé induit, en effet, l'absurdité d'une vie finalement comparée à celle d'un nourrisson qui, nouveau-né, en serait déjà au terme de sa vie. Autant dire, une vie réduite à néant. L'oxymore inscrit ici formellement la vanité.

3) Double sens

Calembour

Le calembour utilise l'équivalence phonique entre deux mots, entre un groupe de mots et un mot, ou entre deux groupes de mots, pour les rapprocher de manière sémantique*.

La publicité utilise fréquemment le calembour pour donner un impact sonore à ses slogans, en associant notamment une marque à un concept positif. On peut citer par exemple le slogan publicitaire d'une moutarde :

« Il n'y a que Maille qui m'aille »

Ce procédé peut aussi avoir un rôle bien plus expressif et littéraire. On retiendra notamment ces calembours de Prévert et de Cocteau :

« De deux choses lune
l'autre c'est le soleil. »

Jacques Prévert, « Le paysage changeur », in *Paroles*

« Les miroirs feraient bien de réfléchir un peu avant de renvoyer les images »

Jean Cocteau, in *Essai de critique indirecte*

Diaphore

On parle de diaphore lorsqu'un même mot ou groupe de mots est répété plusieurs fois. À chaque répétition, une nuance de signification* apparaît.

On parle d'**antanaclase** lorsque ce même procédé est employé dans le cadre d'un dialogue : on réutilise le mot de son interlocuteur pour en détourner le sens.

« Le cœur a ses raisons que la raison ne connaît pas ; on le sait en mille choses. »

Blaise Pascal, in *Pensées* (IV, 277)

Cette phrase célèbre est construite sur une diaphore. Pascal utilise, en effet, à deux reprises le mot « raison », qu'il emploie tour à tour dans des sens différents. Les « raisons » du cœur sont ses motivations et « la raison » décrit ensuite la faculté pensante. L'opposition qui se dégage ici entre l'affectif et le rationnel est d'autant renforcée par ce procédé : la distinction est telle entre ces deux notions qu'elle introduit le différent dans le semblable.

Homonymie

L'homonymie est fondée sur l'utilisation d'homonymes, c'est-à-dire de mots qui se prononcent exactement de la même manière mais qui n'ont pas le même signifié*. Cette juxtaposition sonore sert à renforcer l'association sémantique* entre ces deux mots.

« Ces nuits t'en souvient-il Me souvenir me nuit
[...]
Et tes lèvres tenaient tous les soirs le pari
D'un ciel de cyclamen au-dessus de Paris »

Louis Aragon, « Nuit d'exil », in *Les Yeux d'Elsa*

Dans ce poème sur l'exil, Aragon utilise à deux reprises le procédé de l'homonymie. Il associe dans un premier temps les « nuits » dont il fait le symbole d'un passé disparu, et le verbe nuire, rendant le sentiment nostalgique d'autant plus fort que les mots se superposent phonétiquement. De la même manière, le « pari », autant dire l'espoir de bonheur, est resté attaché, comme l'indique formellement son homonymie avec « Paris », à la ville dont on déplore l'éloignement.

Métanalyse

La métanalyse se fonde sur l'ambiguïté que peut provoquer l'énonciation d'un mot ou d'un groupe de mots. Il y a métanalyse lorsque le récepteur comprend autre chose que ce que le locuteur a voulu dire, parce que l'ambiguïté phonique l'a conduit à mal découper les mots ou à les comprendre « à côté ».

« Bélise
[...] Veux-tu toute ta vie offenser la grammaire ?
Martine
Qui parle d'offenser grand'mère ni grand-père ? »

Molière, in *Les Femmes savantes* (acte II, scène 6)

Dans ce passage, Molière utilise la métanalyse pour produire un effet comique. Martine, en train de se faire renvoyer par Bélise parce qu'elle a commis une faute... de français, comprend le mot grammaire de travers, parce qu'elle ne le connaît pas ou que, par provocation à l'égard de sa maîtresse, elle feint de ne pas le comprendre.

Syllepse

On parle de syllepse quand un accord ne se fait pas selon les règles grammaticales, mais selon la logique du sens.

On distingue la **syllepse de nombre** (on dira par exemple minuit sonnèrent et non pas minuit sonna comme le voudrait la grammaire) et la **syllepse de genre**.

Dans une des *Pensées*, Pascal utilise une syllepse de genre : « Une personne me disait un jour qu'il avait une grande joie et confiance en sortant de confession » (une personne, féminin/il, masculin). Cette figure ne produit pas ici d'effet particulier. Mais on peut en lire un dans d'autres exemples, celui-ci (de nombre, cette fois) notamment :

« Promettez sur ce livre et devant ces témoins,
Que Dieu fera toujours le premier de vos soins ;
Que, sévère aux méchants, et des bons le refuge,
Entre le pauvre et vous, vous prendrez Dieu pour juge ;
Vous souvenant, mon fils, que, caché sous ce lin,
Comme eux vous fûtes pauvre, et comme eux orphelin. »

Jean Racine, in *Athalie* (acte IV, scène 3)

Ayant révélé à Joas sa filiation royale et promettant ainsi un orphelin – en réalité fils caché de la reine Athalie que celle-ci pensait avoir tué au berceau – à un destin royal et divin, Joad met en garde son protégé contre les dérives et les corruptions du pouvoir. En utilisant cette syllepse de nombre (le pauvre, singulier/eux, pluriel), Racine met en relief l'attention qu'un puissant doit avoir à l'égard de son prochain : « le pauvre » est un homme, au même titre que « vous ». En ce sens, le roi est semblable devant Dieu à chacun de ses sujets, y compris les plus miséreux qui ne constituent pas simplement une masse indifférenciée.

À un degré supérieur, la syllepse est un jeu que l'on forme à partir de l'ambivalence du sens d'un mot. On parle alors de **syllepse oratoire**.

« Sorciere sans Demons, qui predis l'advenir ;
Qui regardant la main, nous viens entretenir ;
Et qui charmes nos sens, d'une aimable imposture :

Tu parois peu sçavante en l'art de deviner ;
Mais sans t'amuser plus à la bonne avanture,
Sombre divinité, tu nous la peux donner. »

Georges de Scudéry, « La belle Égyptienne », in *Poésies*

Scudéry pratique ici une double syllepse oratoire, sur les mots « charmes » et « avanture ». Le charme peut, en effet, s'entendre comme une duperie, mais également comme le fait de plaire. De la même manière, la bonne aventure est celle de l'expression « dire la bonne aventure », mais prend le sens tout à fait différent de l'aventure amoureuse.

III

Figures de construction

Les *figures de construction* sont celles qui concernent l'agencement du discours. Les mots sont, en effet, des matériaux. Pour bâtir un discours, il faut les combiner entre eux et les disposer dans un certain ordre afin qu'ils forment un tout cohérent, pour que leur ensemble ait de l'impact.

En ce sens, les figures de construction ont pour objet la structure de la phrase, voire, plus largement, celle du discours.

Elles opèrent par différents types de procédés :

- ➢ Les *figures de la symétrie ou de l'opposition* permettent de mettre en regard deux réalités, deux idées... de manière formelle, pour les comparer ou les opposer, et ainsi leur donner plus de force.
- ➢ La *répétition*, sous des formes diverses, est un autre moyen de construire le discours en s'appuyant sur une redite plus ou moins insistante, totale ou partielle.
- ➢ Les figures de l'*accumulation* introduisent un trop-plein d'informations qui a moins pour vocation un supplément de sens qu'une amplification du propos qui attire l'attention.
- ➢ Les figures de la *disposition* sont celles qui choisissent un agencement particulier pour les phrases, de

manière à appuyer formellement le propos. Elles utilisent parfois des *motifs* qui stylisent le propos.

➢ Enfin, certaines figures procèdent par *déstructuration* : elles peuvent introduire une désarticulation de la phrase, rompant avec la construction classique de la langue ; une inversion de l'ordre attendu des mots ; l'intercalation de mots ou groupes de mots qui interrompent la fluidité du propos... Ces figures provoquent souvent un effet de surprise qui attire l'attention et met en relief, par le biais de cette déstructuration, le fond du propos.

1) Symétrie et opposition

Antithèse

L'antithèse consiste à mettre en regard deux réalités, représentées respectivement par un mot, un groupe de mot, ou une, voire plusieurs phrases qui s'opposent.

« Le moindre vent qui d'aventure
Fait rider la face de l'eau,
Vous oblige à baisser la tête :
Cependant que mon front, au Caucase pareil,
Non content d'arrêter les rayons du Soleil,
Brave l'effort de la tempête.
Tout vous est Aquilon ; tout me semble Zéphyr. »

Jean de La Fontaine, « Le chêne et le roseau » in *Fables*

La fable « Le chêne et le roseau » est bâtie sur une antithèse qui construit l'opposition entre la force (le chêne) et la faiblesse (le roseau). À la fin de la fable, à l'arrivée d'un vent furieux, l'antithèse se poursuit : « L'arbre tient bon, le roseau plie », jusqu'au dénouement où le rapport se renverse. Le vent ne fera que plier le roseau, il déracinera le chêne, la puissance lui étant devenue fatale. L'antithèse se fonde d'abord dans ces vers sur l'équilibre rythmique : trois vers consacrés au roseau puis trois au chêne ; un hémistiche pour le roseau (« tout vous est Aquilon »), l'autre pour le chêne (« tout me semble Zéphyr »). Elle est marquée explicitement par la conjonction « cependant ». De manière plus sous-jacente, on pourra noter que le roseau est traité de façon passive : c'est le vent qui est sujet de la phrase, il est dominant ; le roseau est objet (« vous oblige »), il est dominé. Au contraire, le chêne est sujet, et plus encore, c'est son front qui domine. La force décrite n'est qu'une partie de la puissance entière de l'arbre. De même, La Fontaine utilise le procédé de la **reprise** (la même tournure de phrase est répétée deux fois) dans le dernier vers pour marquer l'antithèse, mais on notera, ici aussi, que l'opposition est clairement exprimée dans le choix des vents (Aquilon pour l'un, Zéphyr pour l'autre), mais qu'elle l'est également dans le choix des verbes : le verbe être renforce la position passive du roseau et donc sa faiblesse ; le verbe sembler indique la maîtrise et la force.

Balancement

Dans le balancement, deux membres d'une phrase – ou deux phrases successives – sont mis en parallèle par une relation de symétrie grammaticale. Les termes du premier segment (ou de la première phrase) sont agencés syntaxiquement de la même manière que ceux du second.

On parle également de **parallélisme de construction,** ou encore d'**hypozeuxe**.

« Père, maîtresse, honneur, amour,
Noble et dure contrainte, aimable tyrannie,
Tous mes plaisirs sont morts, ou ma gloire ternie.
L'un me rend malheureux, l'autre indigne du jour. »

Pierre Corneille, in *Le Cid* (acte I, scène 6)

On dit communément « entre les deux, mon cœur balance ». C'est exactement ce que Corneille exprime ici à travers la bouche de son personnage. Très naturellement, il utilise le procédé du balancement pour exprimer le terrible dilemme qui agite Rodrigue (on parle de « choix cornélien »...). Celui-ci aime Chimène et tout a l'air de se présenter sous les meilleurs auspices pour que leur union soit célébrée, jusqu'à ce que le père de Chimène provoque en duel celui de Rodrigue. Ce dernier, trop vieux pour sauver lui-même son honneur, somme son fils de le venger, le plaçant devant le cruel dilemme de l'honneur ou de l'amour. Le balancement construit ce face-à-face entre deux options tragiquement incompatibles : père/maîtresse ; honneur/amour ; contrainte/tyrannie ; plaisir/gloire ; malheureux/indigne sont mis en regard par un parallélisme de construction répété.

Chiasme

Dans le chiasme, les deux membres de la phrase sont reliés par le biais d'une relation symétrie inversée. Les termes du premier segment peuvent être répétés ou non dans le second. Ils se positionnent dans la phrase selon un schéma croisé : ABBA ou ABB'A'.

« Ce n'est pas l'État qui appartient au Prince, c'est le Prince qui appartient à l'État : mais il appartient au prince de gouverner dans l'État, parce que l'État l'a choisi pour cela ; qu'il s'est engagé envers les peuples à l'administration des affaires, et que ceux-ci de leur côté se sont engagés à lui obéir conformément aux lois. »

Denis Diderot, article « autorité politique » in *Encyclopédie*

Dans cet article de *L'Encyclopédie* consacré à l'autorité, Diderot procède à un renversement de la vision politique alors en place : à un pouvoir établi de fait, omnipotent et despote, il substitue un pouvoir consensuel, décidé et contractuel. Ce renversement est souligné stylistiquement par l'utilisation du chiasme. Entre les deux parties de la première phrase, les mots sont permutés : le Prince et l'État prennent respectivement la place l'un de l'autre. Dans la construction même de la phrase, l'État prend littéralement le pouvoir jusque-là dévolu à la domination exclusive du Prince. La Révolution française n'est pas loin...

Miroir

On parle de miroir lorsque deux termes identiques ou très proches lexicalement sont subordonnés l'un à l'autre : il sait que tu sais que je sais, par exemple.

« L'Américain paraissait n'avoir ni goût, ni jugements personnels, et semblait se fier entièrement au regard et aux appétits des autres : il lui fallait des garanties de désirabilité. Si tant d'hommes rêvaient alors de Marilyn Monroe, c'était parce que tant d'autres hommes rêvaient de Marilyn Monroe. »

Romain Gary, in *Au-delà de cette limite votre ticket n'est plus valable*

Dans ce passage, Romain Gary utilise le procédé du miroir : le segment de phrase « tant d'hommes rêvaient de Marilyn Monroe » est repris (à la nuance près du « autres ») en étant subordonné à sa première occurrence. Explicitant ainsi le comportement d'un de ses personnages, l'auteur renforce, par cette figure à la tournure absurde, sa totale absence de personnalité.

Si le second terme est l'inverse du premier, on parle alors de **miroir inversé**.

« Il n'y a point de mal dont il ne naisse un bien. »

Voltaire, in *Zadig*

Voltaire utilise dans cette phrase le procédé du miroir inversé (« bien » subordonné à « mal ») pour appuyer son propos. Le passage du bien au mal se fait dans une pensée mais est rendu sensible par cet agencement particulier.

Reprise

La reprise est l'utilisation répétée d'une même tournure grammaticale.

« [...] ce que nous appelons ordinairement amis et amitiés, ce ne sont qu'accointances et familiarités nouées par quelque occasion ou commodité, par le moyen de laquelle nos âmes s'entretiennent. En l'amitié de quoi je parle, elles se mêlent et confondent l'une l'autre d'un mélange si universel qu'elles effacent et ne retrouvent plus la couture qui les a jointes. Si on me presse de dire pourquoi je l'aimais, je sens que cela ne peut s'exprimer qu'en répondant : "Parce que c'était lui, parce que c'était moi". »

Michel de Montaigne, « De l'amitié » in *Essais* (Livre I, chapitre 28)

La dernière et très célèbre phrase de cet extrait décrit l'amitié de Montaigne et La Boétie. L'utilisation de la reprise (répétition de la tournure de phrase « parce que ») donne toute sa force à ce qui est resté comme emblème de l'amitié, mettant en relief, sans qu'il y ait besoin de l'exprimer directement, sa réciprocité. En outre, le fait de répéter cette conjonction de causalité alors que l'usage voudrait qu'elle soit suivie ou précédée d'une proposition principale – qui indiquerait quel est l'effet et quelle est la cause – place finalement cette amitié en dehors de toute causalité (les « occasion » et « commodité » dont Montaigne parle plus haut). Elle n'est régie que par la sienne propre, ou celle d'une causalité supérieure, divine (une « ordonnance du ciel » que Montaigne évoque plus loin).

2) Répétition

Anaphore

Dans l'anaphore, un même mot ou groupe de mots est répété plusieurs fois en début de phrase ou de vers.

Dans son célèbre texte « J'accuse » publié dans *L'Aurore* du 13 janvier 1898, Émile Zola réalise un plaidoyer en faveur du capitaine Dreyfus qui a été accusé à tort de haute trahison. Ou plutôt, il y dresse un réquisitoire contre ceux qui ont tout fait pour l'accuser et le faire condamner. Il utilise dans ce texte le principe de l'anaphore : chaque paragraphe commence par « J'accuse... ». Ce procédé lui permet à la fois de marteler, comme lors d'un procès, son réquisitoire avec davantage de force, de montrer du doigt les coupables de cette erreur judiciaire un par un, et de faire surgir la notion de complot par l'accumulation d'intervenants que met en lumière l'anaphore.

Antépériphore

On parle d'antépériphore lorsqu'un même mot ou groupe de mots est répété en début et en fin de phrase, ou qu'un même vers commence et termine une strophe.

L'antépériphore est aussi appelée **symploque**.

« Peut-on illuminer un ciel bourbeux et noir ?
Peut-on déchirer des ténèbres
Plus denses que la poix, sans matin et sans soir
Sans astres, sans éclairs funèbres ?
Peut-on illuminer un ciel bourbeux et noir ? »

Charles Baudelaire, « Irréparable », in *Les Fleurs du mal*

Baudelaire utilise ici l'antépériphore : le premier et le dernier vers de la strophe sont identiques. C'est un procédé qu'il reprend plusieurs fois dans le poème : chaque strophe se termine par la phrase qui l'avait commencée ou par une phrase contenant les mêmes mots. Il introduit de cette manière une circularité qui répond au titre, mettant en forme la fatalité de l'irréparable. La vanité de tout espoir, qu'illustre la dernière strophe, reprend le principe de l'antépériphore en le détournant pour clore formellement le poème.

« [J'ai vu parfois au fond d'un théâtre banal]

Un être, qui n'était que lumière, or et gaze,
Terrasser l'énorme Satan ;
Mais mon cœur, que jamais ne visite l'extase
Est un théâtre où l'on attend
Toujours, toujours en vain, l'Être aux ailes de gaze ! »

Épanadiplose

Il y a épanadiplose lorsqu'un membre de phrase se finit par le mot qui avait commencé le membre de phrase précédent.

« L'honneur que nous recevons de ceux qui nous craignent, ce n'est pas honneur ; ces respects se doivent à la royauté, non à moi. »

Michel de Montaigne, « De l'inégalité qui est entre nous »
in *Essais* (Livre I, chapitre 42)

Dans ce chapitre des *Essais*, Montaigne s'interroge sur la vie des puissants et leur capacité à atteindre un bonheur véritable. Or, c'est justement l'artifice de leur existence, et des sentiments dont ils sont en apparence les heureux bénéficiaires, qu'il révèle en utilisant le procédé de l'épanadiplose. L'honneur du début de la phrase est repris en miroir à la fin de la même phrase, mettant en relief l'honneur d'apparat en opposition à l'honneur véritable, comme si ce mot, du fait de la position de roi (et de la crainte que suscite cette position), avait perdu son sens originel et sa véritable consistance.

Épanalepse

L'épanalepse consiste à répéter un mot, un groupe de mots, voire une phrase entière.

On parle de **demi-épanalepse**, quand l'élément répété est légèrement changé.

« Que diable allait-il faire dans cette galère ? »

Molière, in *Les Fourberies de Scapin* (acte II, scène 2)

Scapin fait croire à Géronte que son fils a été enlevé et qu'il est otage en pleine mer, de manière à lui soutirer une somme rondelette pour la prétendue rançon qui lui permettra de ramener son fils à bon port. Le père, des plus avare, a beaucoup de mal à se soumettre à cette extorsion. Il répète à sept reprises dans la même scène cette phrase devenue célèbre pour son comique de répétition, utilisant ainsi le procédé de l'épanalepse pour stigmatiser l'avarice de son personnage.

Épiphore

On qualifie d'épiphore la répétition d'un même mot ou groupe de mots à plusieurs reprises en fin de phrase ou de vers.

Dans *Les Liaisons dangereuses*, Laclos décrit le monde libertin du XVIIIe siècle, à travers les échanges épistolaires de ses protagonistes. La Marquise de Merteuil et le Vicomte de Valmont se livrent à une compétition de cruauté, se vantant tour à tour des conquêtes et désastres amoureux qu'ils complotent pour attiser leur désir réciproque. Le Vicomte a été chargé par la marquise de séduire une femme dévote et, plus que tout, attachée à la fidélité. Alors qu'il a atteint son but, il finit par tomber éperdument amoureux de celle qui aurait dû être sa victime. Il est alors sommé par la Marquise d'interrompre brutalement sa liaison. Celle-ci lui dicte la lettre de rupture qu'il devra envoyer. Le texte commence ainsi :

« On s'ennuie de tout, mon Ange, c'est une Loi de la Nature ; ce n'est pas ma faute. »

Choderlos de Laclos, in *Les Liaisons dangereuses* (lettre 141) et se poursuit par sept paragraphes tout aussi cruels, tous ponctués par la même phrase finale : « ce n'est pas ma faute ». Cette épiphore construit le texte comme le martèlement de la cruauté du Vicomte et, à un degré supérieur, de celle de la Marquise. Chacune des occurrences de la phrase apparaît comme un nouveau coup porté avec violence, sous les visages d'une indifférence totale et décidée.

Inclusion

Il y a inclusion lorsqu'un texte commence et se termine par le même mot, voire la même phrase.

« Elle est retrouvée.
Quoi ? – L'éternité.
C'est la mer allée
Avec le soleil. »

Arthur Rimbaud, « L'éternité », in *Poésies*

Ces quatre vers commencent et terminent le poème. En construisant ainsi son texte sur l'inclusion, Rimbaud crée une sorte de boucle, une circularité qui est tout à fait en phase avec le thème du poème : l'éternité. Il signifie donc doublement ce qu'il exprime grâce à ce procédé.

Réduplication

La réduplication est une répétition de mots qui sont placés côte à côte.

« Ce toit tranquille, où marchent des colombes,
Entre les pins palpite, entre les tombes ;
Midi le juste y compose de feux
La mer, la mer toujours recommencée ! »

Paul Valéry, in *Le Cimetière marin*

Dans ces premiers vers du poème, Paul Valéry utilise la réduplication : « la mer » est répétée et ses occurrences sont placées côte à côte. En utilisant ce procédé, il induit déjà le recommencement et confère peut-être une certaine forme d'éternité à ce cimetière marin. Cette répétition particulière produit également un rythme qui n'est pas sans faire penser au flux et au reflux de la mer.

Répétition

On parle de répétition lorsqu'un mot est repris plusieurs fois et que les mots répétés sont séparés dans la phrase ou dans le texte.

« La justice sans la force est impuissante ; la force sans la justice est tyrannique. La justice sans force est contredite, parce qu'il y a toujours des méchants ; la force sans la justice est accusée. Il faut donc mettre ensemble la justice et la force ; et pour cela faire que ce qui est juste soit fort, ou que ce qui est fort soit juste. »

Blaise Pascal, in *Pensées* (V, 298)

Dans ce passage, Pascal joue sur la répétition des mots « force » et « justice ». En insistant ainsi de manière quantitative sur ces deux termes, il met en relief par la forme le message de fond qu'il délivre. Ces deux concepts ne peuvent, en effet, exister qu'en présence l'un de l'autre, et Pascal le prouve formellement à plusieurs reprises. C'est leur équilibre qu'il faut chercher pour une politique aussi efficace qu'humaniste. On notera d'ailleurs le parfait équilibre qui préside à cette double répétition : il y a autant d'occurrences pour chacun des deux termes, et chacune de ces occurrences est soulignée par une symétrie parfaite (**balancement**) dans la construction des phrases.

3) Accumulation

Accumulation

On parle d'accumulation quand un grand nombre de mots ou de groupes de mots ayant la même fonction sont employés dans la même phrase, sans qu'ils rajoutent d'autre sens que l'amplification du propos qu'ils produisent.

Dans sa lettre du 15 décembre 1670, Mme de Sévigné annonce à Mme de Coulanges une nouvelle qui émeut tout Paris : la cousine du Roi, promise à un mariage royal, a décidé d'épouser M. de Lauzun. Sa lettre s'ouvre ainsi :

« Je m'en vais vous mander la chose la plus étonnante, la plus surprenante, la plus merveilleuse, la plus miraculeuse, la plus triomphante, la plus étourdissante, la plus inouïe, la plus singulière, la plus extraordinaire, la plus incroyable, la plus imprévue, la plus grande, la plus petite, la plus rare, la plus commune, la plus éclatante, la plus secrète jusqu'aujourd'hui, la plus brillante, la plus digne d'envie... »

Marquise de Sévigné, in *Lettres*

L'accumulation dont fait preuve cet extrait lui permet de dépeindre avec force le bouleversement que provoque cette situation insolite. Elle permet aussi de susciter l'attente de la révélation, du « scoop », en créant un suspense qu'elle va faire durer pour ainsi dire jusqu'à la fin de la lettre où elle délivrera finalement l'information.

Énumération

L'énumération consiste à énoncer à la suite les différents composants d'un tout ou les différentes particularités d'une entité.

« Entre colonisateur et colonisé, il n'y a de place que pour la corvée, l'intimidation, la pression, la police, le vol, le viol, les cultures obligatoires, le mépris, la méfiance, la morgue, la suffisance, la muflerie, des élites décérébrées, des masses avilies. »

Aimé Césaire, in *Discours sur le colonialisme*

Dans ce passage, Césaire utilise l'énumération pour donner une force quantitative à sa dénonciation du colonialisme. Il liste tous ses méfaits et, outre ce qu'il dénonce – les vices de ce système –, c'est un effet de trop-plein qu'il vise formellement, venant accroître par la forme ce que dit le fond.

Épitrochasme

L'épitrochasme est une accumulation de termes brefs placés syntaxiquement sur le même plan, c'est-à-dire ayant la même fonction dans la phrase. Cette figure est fréquemment utilisée dans l'invective, dont elle accentue alors la violence.

« Son cœur prend feu dès ce moment ; il ne saurait plus vivre qu'il n'aille consoler son aimable affligée. Ses fréquentes visites sont rejetées de la servante, devenue gouvernante par le trépas de la mère. Voilà mon homme au désespoir ; il presse, supplie, conjure : point d'affaire. On lui dit que la fille, quoique sans bien et sans appui, est de famille honnête, et qu'à moins de l'épouser on ne peut souffrir ses poursuites. Voilà son amour augmenté par les difficultés. Il consulte dans sa tête, agite, raisonne, balance, prend sa décision : le voilà marié avec elle depuis trois jours. »

Molière, *Les Fourberies de Scapin* (acte I, scène 2)

Dans ce passage, qui se situe tout à fait au début de la pièce, Sylvestre expose à Scapin (et par la même occasion aux spectateurs) le nœud de l'intrigue. Argante revient d'un voyage et a organisé le mariage de son fils Octave – dont il s'agit dans cet extrait – avec la fille d'un notable de ses amis. Or, Octave vient d'épouser Hyacinthe, bravant tous les interdits. Dans le récit de Sylvestre, le double épitrochasme (trois verbes courts côte à côte) provoque l'accélération du rythme de la phrase. Le premier marque le blocage de situation auquel Octave a fait face. Son insistance est sanctionnée par « point d'affaire » qui rompt le rythme introduit par l'enchaînement des trois verbes. L'amour est impossible. Le second épitrochasme annonce (en faisant écho au premier) la résolution du problème. Cette fois, le rythme saccadé est rompu par la prise de décision, et le mariage.

Pléonasme

Le pléonasme consiste à qualifier un mot ou un groupe de mots à l'aide d'un élément qui n'apporte aucun complément de sens.

« Martine
Quand on se fait entendre, on parle toujours bien ;
Et tous vos biaux dictons ne servent pas de rien.
Philaminte
Eh bien ! ne voilà pas encore de son style ?
Ne servent pas de rien !
Bélise
Ô cervelle indocile
Faut-il qu'avec les soins qu'on prend incessamment,
On ne te puisse apprendre à parler congrûment ?
De pas mis avec rien tu fais la récidive ;
Et c'est, comme on t'a dit, trop d'une négative. »

Molière, *Les Femmes savantes* (acte II, scène 6)

Dans ces répliques, Molière expose, avec humour, ce qu'est un pléonasme. Il indique bien également que, lorsque ce procédé n'est pas employé sciemment pour produire un effet particulier, il s'agit d'une faute, et non d'une figure.

Au contraire, dans ce passage, le pléonasme est employé volontairement pour appuyer le propos :

« Quelqu'un aurait assisté pour un peu de temps seulement aux cours gratuits de la grande université de la misère, et aurait fait attention aux choses qu'il voit de ses yeux, et qu'il entend de ses oreilles, et aurait réfléchi là-dessus, il finirait aussi par croire et il en apprendrait peut-être plus long qu'il ne saurait dire. Cherchez à comprendre le dernier mot de ce que disent dans leurs chefs-d'œuvre les grands artistes, les maîtres sérieux, il y aura Dieu là-dedans. »

Vincent Van Gogh, in *Lettres à son frère Théo* (juillet 1880)

Au sens où il délivre une apparente évidence : on voit avec ses yeux et on entend avec ses oreilles, Van Gogh fait ici à deux reprises usage du pléonasme. Mais, il faut y lire un sens plus profond : seuls ceux qui utilisent la pleine acuité de leurs sens sont des « grands artistes » et peuvent prétendre au chef-d'œuvre où transparaît le divin. Une perception passive ne suffit pas à voir ou à entendre véritablement.

Polysyndète

On parle de polysyndète lorsqu'un lien de coordination est répété alors que ce n'est pas nécessaire grammaticalement. Cette apparente lourdeur produit des effets esthétiques et souligne le sens, ou en créant un effet d'accumulation, ou en renforçant le lien qui existe entre les éléments coordonnés.

« J'avais faim
Et tous les jours et toutes les femmes dans les cafés et tous les verres
J'aurais voulu les boire et les casser
Et toutes les vitrines et toutes les rues
Et toutes les maisons et toutes les vies
Et toutes les roues des fiacres qui tournaient en tourbillon sur les mauvais pavés
J'aurais voulu les plonger dans une fournaise de glaives
Et j'aurais voulu broyer tous les ors
Et arracher toutes les langues
Et liquéfier tous ces grands corps étranges et nus sous les vêtements qui m'affolent

Je pressentais la venue du grand Christ rouge de la révolution russe...
Et le soleil était une mauvaise plaie
Qui s'ouvrait comme un brasier. »

Blaise Cendrars, in *Prose du Transsibérien et de la petite Jehanne de France*

Ce passage est construit sur une polysyndète : les « et » sont multipliés bien au-delà de ce qu'attendrait un usage courant. Cette prolifération traduit une effervescence qui est à la fois celle de l'adolescence – le poème commence par « en ce temps-là j'étais en mon adolescence » –, et de l'émergence du mouvement révolutionnaire.

Redondance

On parle de redondance lorsque l'on caractérise quelque chose de manière superflue.

« Elle bat d'un pied timide
L'onde humide
Qui ride son clair tableau ;
Du beau pied rougit l'albâtre ;
La folâtre
Rit de la fraîcheur de l'eau. »

Victor Hugo, « Sara la baigneuse », in *Les Orientales*

Dans ce poème des *Orientales*, Hugo décrit une jeune femme qui se baigne. Le poème commence par ce vers : « Sara, belle d'indolence » ; sur la scène qu'il décrit souffle un air de paresse et d'inaction. La redondance que place Hugo dans « L'onde humide » prend tout son sens dans cette dimension contemplative. Elle ajoute une poésie supplémentaire en insistant particulièrement sur le superflu, l'inutile, qui traduit toute l'indolence de cette jeune et jolie baigneuse.

Ressassement

On parle de ressassement lorsqu'un mot est répété un nombre exagéré de fois.

« Ah ! Chimères ! Ce sont des chimères, dit-on.
Chimères, moi ! Vraiment chimères est fort bon !
Je me réjouis fort de chimères, mes frères ;
Et je ne savais pas que j'eusse des chimères. »

Molière, in *Les Femmes savantes* (acte II, scène 3)

Dans ce passage des *Femmes savantes*, une de ces précieuses que Molière tourne en ridicule est présentée ici dans toute son absurdité. Elle vient d'assurer à ses frères que tous les hommes de leur cercle sont fous d'amour pour elle, et que les preuves qu'ils sèment un peu partout de leur indifférence (voire de leur haine) à son égard ne sont que les aveux détournés de leur flamme. Son délire est à son comble dans cette réplique, effet rendu par le ressassement : le mot chimères est répété cinq fois et utilisé de façon ou saugrenue ou vide de sens.

Tautologie

On pratique la tautologie lorsque l'on dit la même chose alors que l'on paraît dire deux choses différentes.

« Vous
je ne vous regarde pas
ma vie non plus ne vous regarde pas
J'aime ce que j'aime
et cela seul me regarde
et me voit
J'aime ceux que j'aime
je les regarde
ils m'en donnent droit. »

Jacques Prévert, « Droit de regard », in *La Pluie et le Beau Temps*

Ce court poème de Prévert est fondé sur la tautologie, un procédé qui n'a ici d'intérêt littéraire que précisément parce qu'il ne s'agit pas d'une vraie tautologie. Paraissant redire la même chose, il joue, en effet, sur le double sens, propre et figuré, de « regarder ». De même, la formulation tautologique « j'aime ce que j'aime » puis « j'aime ceux que j'aime » – on notera au passage l'évolution du propos par l'utilisation de l'**homonymie** entre « ce » et « ceux » – n'en délivre pas moins un sens nouveau : liberté, exclusivité, réciprocité..., alors que la tautologie est en temps normal absence de signification* nouvelle.

4) Disposition et motifs

Anadiplose

Dans l'anadiplose, on reprend au début de la phrase un mot de la phrase précédente.

Lorsque ce procédé est répété plusieurs fois, on parle de **concaténation**.

« Avec la mer du Nord pour dernier terrain vague
Et des vagues de dunes pour arrêter les vagues
Et des vagues rochers que des marées dépassent
Et qui ont à jamais le cœur à marée basse. »

Jacques Brel, « Le plat pays »

Au début de cette chanson qui dépeint le plat pays de Jacques Brel, celui-ci utilise une concaténation qui renforce la platitude qu'il décrit. Chaque élément suit le précédent sans rupture – puisqu'il reprend un mot du passage précédent –, sans accident de relief pour ainsi dire. La concaténation est là pour renforcer (voire délivrer) cette sensation.

Antimétabole

Dans l'antimétabole, deux phrases (ou segments de phrase) se suivent de telle manière que la seconde utilise les mêmes mots que la première en les permutant syntaxiquement.

« Des milliers et des milliers d'années
Ne suffiraient pour dire
La petite seconde d'éternité
Où tu m'as embrassé
Où je t'ai embrassée »

Jacques Prévert, « Le jardin », in *Paroles*

Dans les deux derniers vers de cet extrait, Prévert utilise une antimétabole : les deux phrases qui se suivent sont construites avec les mêmes mots, mais le « je » et le « tu » sont syntaxiquement permutés, tour à tour sujet ou objet. Une façon de dire la réciprocité, l'union..., de décomposer en deux une seule et même chose (le baiser) pour la faire durer à l'infini.

Attelage

Il y a attelage lorsqu'un terme concret est associé syntaxiquement avec un terme abstrait. C'est un cas particulier du **zeugma**.

« Cet homme marchait pur loin des sentiers obliques
Vêtu de probité candide et de lin blanc ;
Et, toujours du côté des pauvres, ruisselant,
Ses sacs de grains semblaient des fontaines publiques »

Victor Hugo, « Booz endormi »,
in *La Légende des siècles* (Livre I, VI)

Dans ce passage de « Booz endormi », Hugo met en relief les qualités morales de son personnage en exploitant le procédé de l'attelage (« Vêtu de probité candide et de lin blanc »). La probité et le lin sont liés tous deux syntaxiquement à « vêtu », qui n'est pas répété. L'effet de surprise est ici créé par l'attachement d'une vertu morale à quelque chose qui s'y oppose en temps normal : l'apparence de l'habillement. Cela sous-tend un double sens : l'habillement, et, plus largement, les apparences, la richesse... perdent de leur matérialité au contact de la probité et, à l'inverse, cette vertu devient un véritable vêtement, elle devient tangible.

Disjonction

La disjonction est une tournure syntaxique qui consiste à ne pas répéter un terme dont dépendent plusieurs autres.

« N'est-ce pas depuis toujours
Que les jours sont sans amour
Chaque Aurore impardonnable
Chaque caresse vilaine
Et chaque rire une injure »

Paul Eluard, « Pour l'exemple », in *Lingères légères*

Ces cinq vers qui ouvrent le poème sont structurés par le procédé de la disjonction. En effet, la structure dont dépend implicitement chaque subordonnée n'est pas répétée : Eluard fait l'économie de la conjonction « que » et du verbe « être » dans les trois derniers vers. Outre la fluidité du rythme qu'il produit, ce procédé renforce formellement le sens du propos : chaque sujet est lié irrémédiablement, sans qu'il y ait besoin d'aucun lien, à son attribut. Se dégage de cette tournure une fatalité dont la dimension tragique est ainsi soulignée.

Enjambement

L'enjambement est un terme propre à la poésie. En temps normal, la syntaxe* épouse la versification. L'enjambement va à l'encontre de ce principe en poursuivant dans un vers la phrase entamée dans le vers précédent. Ce procédé permet de casser le rythme courant du poème en supprimant la pause – le silence, pour reprendre un terme musical – entre les deux vers. Il peut à l'inverse introduire au sein d'une phrase une rupture rythmique qu'elle n'aurait pas en temps normal.

« Et son bras et sa jambe, et sa cuisse et ses reins,
Polis comme de l'huile, onduleux comme un cygne,
Passaient devant mes yeux clairvoyants et sereins
Et son ventre et ses seins, ces grappes de ma vigne

S'avançaient plus câlins que les anges du mal,
Pour troubler le repos où mon âme était mise,
Et pour la déranger du rocher de cristal
Où, calme et solitaire, elle s'était assise. »

Charles Baudelaire, « Les Bijoux », in *Les Fleurs du mal*

Baudelaire lie ces deux strophes avec un enjambement : s'avançaient « appartient », du point de vue de la syntaxe*, au vers précédent et, qui plus est, à la strophe précédente. Grâce à ce procédé, il figure rythmiquement l'avancée, à la manière de ce mot qui « mord » sur le vers suivant.

Épanode

L'épanode consiste à reprendre et à expliciter tour à tour des mots qui ont été simplement énoncés en début de phrase.

On parle aussi de **régression**.

« Il est plus aisé d'avancer avec des vices qu'avec des vertus. Les vices, accommodants de nature, s'entraident, sont pleins d'indulgence les uns à l'égard des autres, alors que les vertus, jalouses, se combattent et s'annulent, et montrent en tout leur incompatibilité et leur intolérance. »

Emil Cioran, in *De l'inconvénient d'être né*

Dans la seconde phrase de cet aphorisme*, Cioran explicite les termes qu'il a simplement énoncés de manière sentencieuse dans la première : « vices » et « vertus ». Il utilise le procédé de l'épanode, qui lui permet de justifier ainsi, à sa manière, cette affirmation iconoclaste.

Érosion

L'érosion consiste à répéter plusieurs fois un groupe de mots duquel on retranche un mot à chaque répétition.

Le procédé inverse est l'**alluvion**.

« Aux étapes de ces longs voyages que nous faisions séparément, je le sais maintenant, nous étions vraiment ensemble, nous étions vraiment, nous étions, nous. »

Paul Eluard, in *Poèmes* (cité par Bernard Dupriez, *Gradus*)

En pratiquant ici l'érosion, Eluard parvient, par le retranchement des mots, le decrescendo du phrasé, à la quintessence du sens de ce qu'il exprime. Du « séparément », il arrive progressivement, à la présence nécessaire – nécessité appuyée par la logique du rythme qu'il choisit – et unique du « nous ».

Gradation

Dans la gradation, l'intensité des mots qui se suivent est croissante : on emploie à la suite des termes de plus en plus forts.

On parle aussi de **climax**.

Cette figure peut être inversée : les termes successifs sont de moins en moins forts. On parle dans ce cas d'**anti-climax**.

Lorsque la gradation est interrompue par une chute inattendue, on parle de **bathos**.

« Plus l'offenseur est cher, et plus grande est l'offense.
Enfin tu sais l'affront, et tu tiens la vengeance :
Je ne te dis plus rien. Venge-moi, venge-toi ;
Montre-toi digne fils d'un père tel que moi.

Accablé des malheurs où le destin me range,
Je vais les déplorer : va, cours, vole et nous venge. »

Pierre Corneille, in *Le Cid* (acte I, scène 5)

Chimène et Rodrigue s'aiment, toutes les conditions semblent réunies pour que leur mariage ait lieu. Mais le père de Chimène n'a pas accepté que le Roi nomme Don Diègue – le père de Rodrigue – gouverneur du Prince de Castille, honneur qui devrait, selon lui, lui revenir. Don Diègue a certes brillé par ses exploits passés, mais il est aujourd'hui trop vieux pour assumer un tel rôle. Face à cet affront, que l'honneur de Don Diègue ne peut tolérer, la vengeance s'impose. Mais le père de Rodrigue sait bien que son âge ne lui permet pas de la réaliser lui-même. Il somme donc son fils de le faire à sa place. À la fin de ce passage, la gradation : aller/courir/voler donne toute sa force à l'injonction sans appel d'un père à l'honneur bafoué, et renforce la puissance de Rodrigue face à celle, déchue, de son père.

Hypotaxe

L'hypotaxe consiste à construire les phrases avec des liens de subordination, contrairement à la **parataxe**.

Lorsque ces liens sont en surabondance, on parle d'**hyperhypotaxe**.

« [...] Pangloss disait quelquefois à Candide : "tous les événements sont enchaînés dans le meilleur des mondes possibles : car enfin si vous n'aviez pas été chassé d'un beau château à grands coups de pied dans le derrière pour l'amour de Mlle Cunégonde, si vous n'aviez pas été mis à l'Inquisition, si vous n'aviez pas couru l'Amérique à pied, si vous n'aviez pas donné un bon coup d'épée au baron, si vous n'aviez pas perdu tous vos moutons du bon pays d'Eldorado, vous ne mangeriez pas ici des cédrats confits et des pistaches. — Cela est bien dit, répondit Candide, mais il faut cultiver notre jardin." »

Voltaire, in *Candide*

Dans ce passage qui clôt *Candide*, Pangloss, le maître de Candide, multiplie les subordonnées introduites par « si ». Cette hypotaxe met en lumière le déterminisme qui régit ce « meilleur des mondes possibles ». On pourrait même qualifier ce passage d'hyperhypotaxe : la multiplication des « si » et l'enchaînement fantaisiste des causes et des effets, auquel répond en contrepoint la phrase lapidaire de Candide, confèrent un ridicule et une absurdité implicites au propos de Pangloss.

Mise en abyme

La mise en abyme est un procédé issu des arts visuels. C'est un terme qui désignait à l'origine l'endroit où, sur l'écu, était représenté un autre écu sur lequel était représenté un autre écu, sur lequel... Dans un texte, ce procédé en forme de poupées russes consiste à répéter un élément à l'intérieur d'un autre qui lui est similaire, et ainsi de suite.

« [...] <u>Lechy Elbernon</u>
Je suis actrice, vous savez.
Je joue sur le théâtre. Le théâtre. Vous ne savez pas ce que c'est ?
<u>Marthe</u>
Non.
<u>Lechy Elbernon</u>
Il y a la scène et la salle.
Tout étant clos, les gens viennent là le soir, et ils sont assis par rangées les uns derrière les autres, regardant.
[...]
<u>Lechy Elbernon</u>
Je les regarde, et la salle n'est rien que de la chair vivante et habillée.
Et ils garnissent les murs comme des mouches, jusqu'au plafond.
Et je vois ces centaines de visages blancs.
L'homme s'ennuie, et l'ignorance lui est attachée depuis sa naissance.
Et ne sachant de rien comment cela commence ou finit, c'est pour cela qu'il va au théâtre.
Et il se regarde lui-même, les mains posées sur les genoux.

Et il pleure et il rit, et il n'a point envie de s'en aller.
Et je les regarde aussi, et je sais qu'il y a là le caissier qui sait que demain
On vérifiera les livres, et la mère adultère dont l'enfant vient de tomber malade,
Et celui qui vient de voler pour la première fois, et celui qui n'a rien fait de tout le jour.
Et ils regardent et écoutent comme s'ils dormaient. »

Paul Claudel, in *L'Échange*, acte I (première version)

Ce passage constitue une pause dans le déroulement narratif de *L'Échange*. Claudel met en abyme le théâtre : un personnage sur la scène joue une actrice en train de décrire le théâtre. C'est une manière de prendre à parti, d'impliquer le public, mais surtout de s'interroger sur le principe même de la représentation théâtrale.

Parataxe

Dans la parataxe, les phrases et segments de phrase sont simplement juxtaposés, contrairement à l'**hypotaxe**.

« Ô nuit désastreuse ! ô nuit effroyable où retentit tout à coup, comme un éclat de tonnerre, cette étonnante nouvelle : Madame se meurt ! Madame est morte : Qui de nous ne se sentit pas frappé à ce coup, comme si quelque tragique accident avait désolé sa famille ? Au premier bruit d'un mal si étrange, on accourut à Saint-Cloud de toutes parts ; on trouve tout consterné, excepté le cœur de cette princesse : partout on entend des cris ; partout on voit la douleur et le désespoir et l'image de la mort. Le roi, la reine, Monsieur, toute la cour, tout le peuple, tout est abattu, tout est désespéré ; et il me semble que je vois l'accomplissement de cette parole du prophète : Le roi pleurera, le prince sera désolé, et les mains tomberont au peuple de douleur et d'étonnement. [...] Madame cependant a passé du matin au soir, ainsi que l'herbe sur les champs ; le matin elle fleurissait, avec quelles grâces, vous le savez : le soir nous la vîmes séchée. »

Jean-Bénigne Bossuet, in *Oraisons funèbres*

Ce passage est extrait de l'oraison funèbre d'Henriette d'Angleterre, dont Bossuet avait été le directeur. La phrase « Madame se meurt ! Madame est morte ! » est restée célèbre. Ici, l'absence de lien logique ou temporel entre les deux propositions est une marque puissante de la brutalité de cette mort. Le passage entier est marqué par une construction sans lien de subordination entre les phrases – parataxe. On lit ainsi à travers les lignes la violence de l'événement, l'affolement qui s'ensuit, et l'émotion de l'orateur.

Réamorçage

Le réamorçage consiste à répéter, à l'identique ou légèrement modifié, un mot ou un groupe de mots pour que le lien syntaxique qu'il entretient avec ce qui suit soit éclairci.

« Elle me parut si charmante que moi, qui n'avais jamais pensé à la différence des sexes ni regardé une fille avec un peu d'attention, moi, dis-je, dont tout le monde admirait la sagesse et la retenue, je me trouvais enflammé tout d'un coup jusqu'au transport. »

Abbé Prévost, in *Manon Lescaut*

Ce passage de *Manon Lescaut* décrit la rencontre du chevalier Des Grieux avec Manon, dont il va tomber éperdument amoureux et qu'il va suivre jusqu'à la mort, malgré l'inconstance et les trahisons de la belle. Le réamorçage au milieu de la phrase (« moi, dis-je ») donne davantage de force à la sensation de trouble qui se dégage. Comme si Des Grieux avait besoin de réaffirmer son identité tellement le changement intervenu en lui était intense, comme si, au fond, sous le coup de la passion, il ne savait plus vraiment lui-même qui il était.

Sériation

La sériation consiste à énumérer un certain nombre d'éléments classés entre eux par groupes d'au moins deux éléments.

« C'est elle c'est l'orage aussi
Qui distribue des armes maladroites
Aux herbes aux insectes
Aux dernières chaleurs
Les fumées de l'automne
Les cendres de l'hiver »

Paul Eluard, « En exil », in *Une longue réflexion amoureuse*

Le poème d'où est tiré cet extrait est construit sur un rythme binaire : phrases et mots vont par deux, renforçant la symétrie – conduite par une **métaphore filée** – entre femme et éléments naturels. Dans ce passage, Eluard introduit une sériation qui porte le thème au faîte de sa tension, l'explosion de l'orage. La sériation débute de manière binaire (deux premiers vers), puis opère une rupture par l'insertion d'une série de trois (deux vers suivants) pour annoncer une retombée par un retour à une série binaire (deux derniers vers), exprimant ainsi le passage du chaud au froid, du clair à l'obscur, de l'extérieur à l'intérieur. Le poème commence par un regard et se termine par des yeux clos, la transition étant opérée stylistiquement par cette sériation.

Zeugma

Le zeugma lie syntaxiquement deux (ou plusieurs) mots ou groupes de mots, en les subordonnant au même mot (souvent un verbe) sans que celui-ci soit répété. Souvent le zeugma est l'occasion d'un effet de surprise lié au fait que les termes ainsi rapprochés ne se rapportent pas au verbe de la même manière.

On parle également de **zeugme**.

« Ah ! Savez-vous le crime, et qui vous a trahie,
Madame ? Savez-vous quel serpent inhumain
Iphigénie avait retiré dans son sein ?
Ériphile, en ces lieux par vous-même conduite,
A seule à tous révélé votre fuite »

Jean Racine, in *Iphigénie* (acte V, scène 4)

Les dieux ont ordonné à Agamemnon de sacrifier sa fille Iphigénie, condition *sine qua non* pour que la conquête de Troie soit une victoire. Clytemnestre, la mère d'Iphigénie, tente d'organiser la fuite de sa fille. Elle est trahie par Ériphile, une jeune femme de Lesbos, qu'Achille a réduite en esclavage et qu'Iphigénie et Clytemnestre ont prise sous leur coupe, obtenant qu'elle redevienne libre. Mais leur protégée s'est éprise d'Achille, qui doit épouser Iphigénie le jour même. Poussée par une jalousie monstrueuse, Ériphile condamne Iphigénie à mort en dénonçant ses projets de fuite. L'usage courant voudrait que l'on répète « savez-vous ». En effet, l'association d'un nom (le crime) et d'une proposition relative (qui vous a trahie) sans la répétition du verbe n'est pas autorisée dans une structure classique. En omettant cette répétition, Racine utilise ici le procédé du zeugma. La nuance de signification* qu'apporte cette figure est d'importance : la monstruosité du crime réside notamment dans la personne qui l'a commis.

5) DÉSTRUCTURATION

Anacoluthe

L'anacoluthe introduit une rupture dans la construction syntaxique attendue de la phrase. Le début de la phrase annonce une construction qui sera abandonnée en cours de route.

« Qui voudra connaître à plein la vanité de l'homme n'a qu'à considérer les causes et les effets de l'amour. Le nez de Cléopâtre : s'il eût été plus court, toute la face de la terre aurait changé. »

Blaise Pascal, in *Pensées* (II, 162)

Dans ce passage des *Pensées*, Pascal produit un effet de surprise dans la construction de sa phrase : le « nez de Cléopâtre » devrait être le sujet de la proposition principale. « Toute la face de la terre » prend sa place ; il y a anacoluthe. Ce procédé permet à Pascal de donner davantage de force à l'illustration qu'il fait de sa phrase précédente. L'anacoluthe confronte, en effet, en soulignant cette confrontation par la surprise de la construction, la cause de l'amour (ici, le nez de Cléopâtre) et ses effets (le bouleversement du monde).

Asyndète

Dans l'asyndète, l'auteur omet volontairement d'expliciter le lien – de coordination ou de subordination – supposé entre les phrases, les membres de phrase ou les mots.

Cette figure a pour vocation ou de mettre l'accent, en jouant sur leur absence, sur les liens qui existent implicitement entre les propositions, ou, au contraire, d'insister sur l'anarchie qui règne entre elles, créant ainsi une sensation de désordre, d'accumulation...

« Je le vis, je rougis, je pâlis à sa vue
Un trouble s'éleva dans mon âme éperdue ;
Mes yeux ne voyaient plus, je ne pouvais parler,
Je sentis tout mon corps et transir et brûler. »

Jean Racine, in *Phèdre* (acte I, scène 4)

Dans ces vers, Racine omet volontairement tout lien entre les segments de phrase et décrit avec d'autant plus de force la violence du coup de foudre. L'enchaînement inarticulé de tous les états de Phèdre traduit la puissance de la passion qui l'assaille et confère aux émotions une amplification qui renforce la dimension tragique de l'œuvre.

Dislocation

La dislocation consiste à mettre en exergue (souvent en début de phrase) un mot ou un groupe de mots qui est représenté, dans la fonction syntaxique qu'il occuperait en temps normal, par un pronom.

« La servante au grand cœur dont vous étiez jalouse,
Et qui dort son sommeil sous une humble pelouse,
Nous devrions pourtant lui porter quelques fleurs »

Charles Baudelaire, poème sans titre des « Tableaux parisiens », in *Les Fleurs du mal*

Au début de ce poème sans titre, Baudelaire opère une dislocation de sa phrase. La servante est le complément de « porter des fleurs » et devrait se situer, dans un usage courant, après ce groupe. En mettant la servante en exergue de cette manière et en y faisant à nouveau référence avec le pronom « lui », il place ce personnage au premier plan. Il indique également, plus subrepticement, ce qui sera l'objet du poème : son sommeil, autrement dit la mort.

Ellipse

On parle d'ellipse quand l'un des déterminants de la phrase, sujet ou verbe le plus souvent, est omis et donc sous-entendu. Le sens de la phrase reste pourtant intelligible. L'ellipse est caractéristique du style télégraphique.

« Ce que je sais à soixante, je le savais aussi bien à vingt. Quarante ans d'un long, d'un superflu travail de vérification... »

Emil Cioran, in *De l'inconvénient d'être né*

La deuxième phrase de cet aphorisme* est une ellipse. Il lui « manque », en effet, un sujet et un verbe. Par ce procédé, Cioran – qui évoque plus loin, sans doute, en parlant de lui, « Le fanatique du cafard elliptique » –, fait l'économie de la soustraction, soixante moins vingt. Il va ainsi droit au but : quarante ans d'inutilité.

Enchâssement

L'enchâssement est une rupture syntaxique qui consiste à intercaler, au milieu d'une phrase, un groupe de mots ou même une phrase entière.

« Un soir, t'en souvient-il, nous voguions en silence ;
On n'entendait au loin, sur l'onde et sous les cieux,
Que le bruit des rameurs qui frappaient en cadence
Tes flots harmonieux »

Alphonse de Lamartine, « Le Lac »

En insérant dans la phrase, entre virgules, son invocation au Lac (« t'en souvient-il »), Lamartine utilise la figure de l'enchâssement et met ce segment de phrase en relief et, avec lui, la nostalgie qu'il exprime dans le poème. Il pointe du doigt, en insistant sur le souvenir, la fugacité des moments de bonheur, ceux de l'amour en particulier. Quelques vers plus loin, ce sentiment est exprimé plus directement :

« Ô temps, suspends ton vol, et vous, heures propices !
Suspendez votre cours :
Laissez-nous savourer les rapides délices
Des plus beaux de nos jours ! »

Hendiadyn (masculin. Prononcer indyadinne)
L'hendiadyn coordonne deux éléments auxquels il donne syntaxiquement une place équivalente, là où l'on aurait attendu que l'un soit subordonné à l'autre et n'ait, par conséquent, pas la même fonction syntaxique.

« Après le souper, quand la soirée était belle, nous allions encore tous ensemble faire quelque tour de promenade sur la terrasse pour y respirer l'air du lac et la fraîcheur »

Jean-Jacques Rousseau, in *Rêveries du promeneur solitaire* (cinquième promenade)

Lorsque Rousseau parle de l'air et de la fraîcheur, on attendrait plutôt : l'air frais du lac. En plaçant ces deux termes à une position équivalente et non pas subordonnée, il pratique l'hendiadyn. Dans cette promenade, il décrit la douceur que lui procure son séjour sur une petite île du lac de Bienne en Suisse. L'oisiveté qu'il y pratique l'ouvre aux plaisirs très simples des sens. Et c'est bien cette acuité à tous les ressentis, même minimes, que traduit cet hendiadyn, qui prend le temps de mesurer une à une les sensations produites au cours de ces sorties nocturnes.

Hyperbate

L'hyperbate déstructure la construction classique de la phrase en ajoutant un mot ou un groupe de mots à la fin d'une phrase qui paraissait close. Ce mot ou groupe de mots ajouté est bien sûr mis en relief par ce procédé.

« Cette dent de devant cariée me poussait ses aiguilles très haut dans sa racine, presque sous le nez. Sale sensation !
Et la magie ? Sans doute, mais il faut alors aller se loger en masse presque sous le nez. Quel déséquilibre ! Et j'hésitais, occupé ailleurs, à une étude sur le langage.
Sur ces entrefaites, une vieille otite, qui dormait depuis trois ans, se réveilla et sa menue perforation dans le fond de mon oreille. »

Henri Michaux, « Magie IV », in *Lointain intérieur*

On s'attendrait à ce que la dernière phrase de ce passage se termine sur « se réveilla ». Michaux crée un effet de surprise et déséquilibre la construction de sa phrase en ajoutant un groupe nominal alors que la phrase semblait finie. Il s'agit bien d'une hyperbate. Ce procédé rend plus tangible la sensation. Cette « perforation » sournoise est d'autant plus aiguë qu'on ne l'attendait pas.

Inversion

Dans l'inversion, l'auteur renverse l'ordre classique des termes de la phrase.

On parle d'**anastrophe** quand ce procédé a pour terrain non plus la phrase entière, mais un groupe de mots dont l'ordre habituel est bouleversé.

« Sous le Pont Mirabeau coule la Seine
Et nos amours
Faut-il qu'il m'en souvienne
La joie venait toujours après la peine

Vienne la nuit sonne l'heure
Les jours s'en vont je demeure

Les mains dans les mains restons face à face
Tandis que sous
Le pont de nos bras passe
Des éternels regards l'onde si lasse »

Guillaume Apollinaire, « Le Pont Mirabeau », in *Alcools*

Les premiers vers du « Pont Mirabeau », notamment ceux qui reviendront comme un refrain : « vienne la nuit sonne l'heure », font appel assez systématiquement au procédé de l'inversion. L'ordre classique des phrases est déstructuré : les sujets sont placés après les verbes, et les compléments avant les termes auxquels ils sont subordonnés. C'est peut-être une manière de souligner *a contrario* l'irréversibilité des instants passés, qui est le thème du poème.

Rejet

Le rejet consiste à placer à la fin d'une phrase, d'un membre de phrase ou d'un vers un mot ou un groupe de mots qui devraient, dans une construction classique, se trouver à un autre endroit. Ce procédé met bien sûr en valeur le mot ou le groupe de mots rejeté, renforçant ainsi l'expressivité du discours.

« Tu portes plus galamment
Qu'une reine de roman
Ses cothurnes de velours
Tes sabots lourds. »

Charles Baudelaire, « À une mendiante rousse »,
in *Les Fleurs du mal*

L'agencement de ces vers se distingue de l'usage classique qu'on pourrait faire de la même phrase : « Tes sabots lourds » devraient se placer après « Tu portes ». Or, Baudelaire a opéré ici un rejet. Outre le fait qu'il serve les besoins de la rime, ce rejet a pour vocation de renforcer le sens de ce qui est énoncé. Les sabots de la mendiante acquièrent plus de valeur que les luxueux cothurnes de la reine ; ils ont le dernier mot.

Tmèse

La tmèse est la division d'un mot composé ou d'un groupe de mots indissociables dans un usage courant, au milieu desquels on intercale un ou plusieurs mots.

« Apprenons l'art, mon cœur, d'aimer sans espérance »

Jean de Rotrou, in *Venceslas*

Aragon commente ainsi ce vers, montrant la portée de la tmèse qui y est employée : « Allez-y, ne vous gênez pas, déplacez ce cœur à tout point du vers, et vous verrez qu'il n'en reste rien. Et sans lui le lecteur fera toujours un contresens (l'art d'aimer venant d'un coup, rompt la liaison des mots aimer sans espérance, qui est l'essentiel ici, car ce n'est pas que d'aimer qu'il s'agit). » En déstructurant ainsi la phrase par l'intermédiaire de la tmèse, Rotrou lui donne une expressivité et un sens nouveaux.

IV

Figures de pensée

Les *figures de pensée* concernent le discours en lui-même : elles soulignent les rapports des idées entre elles, mais surtout les rapports du discours avec son sujet (le narrateur) d'une part, son objet et le traitement qu'il en fait d'autre part.

Elles sont les indicateurs d'une situation d'énonciation* particulière, ainsi que de la dialectique* qui est mise en œuvre.

On abordera les *figures de pensée* à travers quatre types d'intervention sur le discours :

- ➢ Les figures de *l'intensité* sont celles qui apportent une amplification au discours ou qui, au contraire, cherchent à en atténuer la portée.
- ➢ Certaines figures ont vocation à restituer une image visuelle et, plus largement, à *rendre vivant* le discours, pour faciliter son appropriation, le rendre plus fort.
- ➢ Les figures de *l'énonciation* mettent en exergue les relations du narrateur à l'objet de son propos et la manière qu'il a de l'aborder.
- ➢ Les figures de la *dialectique* concernent la relation que le narrateur met en place avec son lecteur ou auditeur, en créant une complicité avec lui, en cher-

chant à provoquer une réaction ou à produire un effet de surprise, de manière à l'influencer ou le convaincre.

1) Intensité

Emphase

L'emphase consiste à employer un ton d'une solennité exagérée.

On parle également de **grandiloquence**.

Dans la « tirade des nez », Cyrano de Bergerac ridiculise son adversaire en exposant lui-même toutes les formes de moquerie que l'on pourrait lui faire à propos de son nez démesuré. Il y emploie différents modes, dont l'emphase :

« Emphatique : aucun vent ne peut, nez magistral,
T'enrhumer tout entier, excepté le mistral ! »

Edmond Rostand, in *Cyrano de Bergerac* (acte I, scène 4)

On notera au passage les procédés qui, assemblés, produisent cette solennité qui ne fait que renforcer la dérision de la tirade : la forme de la phrase, exclamative ; l'exagération du propos, **hyperbole** ; la tournure totalement décalée de l'**apostrophe** – on s'adresse à un nez comme on s'adresserait à un roi.

Euphémisme

On parle d'euphémisme lorsqu'on utilise une expression atténuée à la place d'une autre qui pourrait choquer.

« Parce que cette syllabe frappait trop rudement leurs oreilles, et que cette voie leur semblait malencontreuse, les Romains avaient appris de l'amollir ou de l'étendre en périphrases. Au lieu de dire : il est mort ; il a cessé de vivre disent-ils, il a vécu. Pourvu que ce soit vie, soit-elle passée, ils se consolent. Nous en avons emprunté notre "feu maître Jean". »

Michel de Montaigne, « Que philosopher, c'est apprendre à mourir » in *Les Essais* (Livre I, chapitre 20)

Montaigne donne ici un exemple typique d'euphémisme, qui lui permet en outre d'étayer son propos. Il montre comment le langage a été détourné pour parler de quelque chose sans le nommer. Ici, le mot taboue est la mort et, montrant du doigt le procédé d'euphémisme qui est employé – procédé qui devient action en ce que c'est précisément son emploi qui rend taboue la mort –, Montaigne met en exergue ce qu'il dénonce dans ce chapitre : à force de ne pas intégrer la mort à la vie et à la conscience, c'est justement la conscience et, par contagion, la vie, que l'on désintègre.

Exténuation

L'exténuation est un procédé d'atténuation qui confère au propos une dimension neutre ou anodine.

« Il y avait à Montmartre, au troisième étage du 75 bis de la rue d'Orchampt, un excellent homme nommé Dutilleul qui possédait le don singulier de passer à travers les murs sans être incommodé. Il portait un binocle, une petite barbiche noire, et il était employé de troisième classe au ministère de l'Enregistrement. En hiver, il se rendait à son bureau par l'autobus, et, à la belle saison, il faisait le trajet à pied, sous son chapeau melon. »

Marcel Aymé, in *Le Passe-muraille*

Ce paragraphe ouvre la nouvelle du *Passe-muraille*. Il présente de façon tout à fait anodine et légère le personnage principal de l'histoire, dans un total décalage de ton avec le fantastique qui est celui d'un homme capable de passer à travers les murs... Le ton de l'ensemble de la nouvelle sera fondé sur un recours récurrent au procédé de l'exténuation.

Hyperbole

L'hyperbole procède par exagération du propos : on délivre une version amplifiée d'une idée pour la mettre en relief.

Une hyperbole poussée à l'extrême est appelée **adynaton.**

« Tu ne le croiras pas peut-être : depuis un mois que je suis ici, je n'y ai encore vu marcher personne. Il n'y a point de gens au monde qui tirent meilleur parti de leur machine que les Français ; ils courent, ils volent. »

Montesquieu, in *Lettres persanes* (lettre XXIV de Rica à Ibben)

Dans cette lettre, un jeune Perse, en voyage à Paris, décrit à son ami la vie parisienne. Montesquieu utilise ce regard étranger et sa fausse naïveté pour dresser une satire et critiquer la société de son époque. Ce passage utilise le procédé de l'hyberbole – « je n'y ai encore vu marcher personne », puis « ils courent », et surtout « ils volent » – pour connoter, grâce à cette exagération, le propos d'une ironie sous-jacente qui passe au premier abord pour de l'admiration. On pointait déjà du doigt le stress parisien au XVIIIe siècle...

Litote

La litote consiste à dire peu pour suggérer beaucoup.

« Va, je ne te hais point »

Pierre Corneille, in *Le Cid* (acte III, scène 4)

Lorsque Chimène cherche à conclure son entrevue avec Rodrigue sur ces mots, elle utilise le procédé de la litote, d'une part pour ne pas dire ce que la décence ne permet pas de dire (Rodrigue, pour venger son père, vient de tuer celui de Chimène) et, surtout, pour dire en contrepoint l'ampleur de son amour.

2) Rendre vivant

Hypotypose

On parle d'hypotypose lorsque l'auteur décrit une situation, un lieu, un personnage de manière très vivante, comme s'il s'agissait d'un tableau. L'identification de cette figure a quelque chose d'assez subjectif, contrairement à d'autres dont les contours sont plus définis.

« Attention aux roches et surtout, attention aux mirages. Le Yang-Tsé-Kiang n'est pas un fleuve, c'est une avenue. Une avenue de cinq mille kilomètres qui dégringole du Tibet pour finir dans la mer Jaune, avec des jonques et puis des sampans de chaque côté. Et au milieu, il y a des tourbillons d'îles flottantes avec des orchidées hautes comme les arbres. Le Yang-Tsé-Kiang, camarade, c'est des millions de mètres cubes d'or et de fleurs qui descendent vers Nakin. »

in *Un singe en hiver*, Henri Verneuil.
Dialogues de Michel Audiard

Dans *Un singe en hiver*, Albert (Jean Gabin) dirige une petite auberge dans un village de la côte normande. Alcoolique notoire, il est dans cette scène en train de partager une soirée de beuverie avec un de ses comparses, dans un bar dont l'étage, réservé à des activités plus intimes, est rempli d'Allemands (on est à la fin de la guerre). Dans ce passage, il fait littéralement surgir les paysages d'une Chine qu'il a connue autrefois, avec toute la force d'évocation que lui permet un taux d'alcoolémie plutôt élevé. On peut ici parler d'hypotypose : il rend réel et présent quelque chose qui ne l'est pas. Un peu avant, il donne d'ailleurs une assez belle définition de cette figure. Rétorquant à la tenancière du club qui lui reproche ses manières d'alcoolique, il dit :

« Je vous offre des rivières tricolores, des montagnes de fleurs et des temples sacrés et vous me transformez tout ça en maison de passe. Vous plantez votre Babylone normande dans ma mer de Chine ! »

Bien sûr, sa mauvaise foi est totale et sa définition de l'hypotypose vaut surtout pour lui. C'est bien lui qui plante la Chine au beau milieu d'un petit bar normand.

Interrogation oratoire

L'interrogation oratoire est une fausse interrogation. Dans la mesure où elle ne fait pas partie d'un dialogue, c'est une question qui n'attend pas de réponse et qui a, par conséquent, pour vocation d'interpeller le lecteur et de donner davantage de force à une affirmation implicite.

« [...] comment une servante zélée catholique aurait-elle pu souffrir que des huguenots assassinassent un jeune homme élevé par elle pour le punir d'aimer la religion de cette servante ? Comment Lavisse serait-il venu exprès de Bordeaux pour étrangler son ami dont il ignorait la conversion prétendue ? Comment une mère tendre aurait-elle mis les mains sur son fils ? Comment tous ensemble auraient-ils pu étrangler un jeune homme aussi robuste qu'eux tous, sans un combat long et violent, sans des cris affreux qui auraient appelé tout le voisinage, sans des coups réitérés, sans des meurtrissures, sans des habits déchirés. »

Voltaire, in *Traité sur la tolérance à l'occasion de la mort de Jean Calas*

Marc-Antoine Calas a été retrouvé pendu dans le magasin de son père, Jean Calas. L'énigme est de taille, mais, à cette période, un vent antiprotestant souffle sur la société française, qui va largement influencer l'enquête. Le verdict qui ressort de l'instruction est le suivant : la victime aurait voulu se convertir au catholicisme et ses parents l'auraient tué pour cette raison. Jean Calas est alors condamné à mort et tué sur la roue en 1762. Voltaire se penche sur cette affaire et écrit son *Traité sur la tolérance*. L'arrêt est cassé en 1764, et Jean Calas réhabilité en 1765. Dans ce passage, Voltaire utilise le procédé de l'interrogation oratoire, très courant dans le plaidoyer judiciaire. En posant cette série de questions, il affirme implicitement que ces présupposés sont absurdes et que le résultat de l'enquête est donc fondé sur des hypothèses totalement fausses.

Personnification

La personnification est un procédé qui consiste à représenter un objet ou une idée comme un être humain.

« Un soir j'ai assis la Beauté sur mes genoux. – Et je l'ai trouvée amère. – Et je l'ai insultée. »

Arthur Rimbaud, in *Une saison en enfer*

Dans ce passage d'*Une saison en enfer*, Rimbaud utilise la personnification pour parler de la Beauté : il représente bien ce concept sous une forme vivante (il la présente d'ailleurs avec une majuscule). Ce procédé, outre la poétisation du discours qu'il induit, indique à la fois la familiarité du poète avec la beauté et sa volonté iconoclaste de détruire les valeurs morales et esthétiques en place. Certains y voient également, à un second degré, l'image de la femme et des déceptions hétérosexuelles de Rimbaud.

Prosopopée

Avec la prosopopée, on fait parler et agir une personne absente, un objet ou une chose personnifiée. On rend présent ce qui est absent.

« Le premier qui, ayant enclos un terrain, s'avisa de dire : ceci est à moi, et trouva des gens assez simples pour le croire, fut le vrai fondateur de la société civile. Que de crimes, de guerres, de meurtres, que de misères et d'horreurs n'eût point épargnés au genre humain celui qui, arrachant les pieux ou comblant le fossé, eût crié à ses semblables : "Gardez-vous d'écouter cet imposteur ; vous êtes perdus si vous oubliez que les fruits sont à tous, et que la terre n'est à personne." »

Jean-Jacques Rousseau, in *Discours sur l'origine de l'inégalité*

Dans ce passage, Rousseau utilise la voix d'un personnage imaginaire. Le procédé de la prosopopée lui permet de rendre plus vive sa dénonciation de la propriété et sa profession de foi envers un état de nature qu'il considère comme l'âge d'or de l'humanité.

3) Énonciation

Analepse

L'analepse est l'équivalent littéraire du flash-back, soit le récit d'une action passée.

« J'avais dès longtemps remarqué que, pour les mœurs, il est besoin quelquefois de suivre des opinions qu'on sait fort incertaines, tout de même que si elles étaient indubitables [...] ; mais parce qu'alors je désirais vaquer seulement à la recherche de la vérité, je pensai qu'il fallait que je fisse tout le contraire, et que je rejetasse, comme absolument faux, tout ce en quoi je pourrais imaginer le moindre doute, afin de voir s'il ne resterait point, après cela, quelque chose en ma créance, qui fût entièrement indubitable. Ainsi, à cause que nos sens nous trompent quelquefois, je voulus supposer qu'il n'y avait aucune chose qui fût telle qu'ils nous la font imaginer. [...] je rejetai comme fausses toutes les raisons que j'avais prises auparavant pour démonstrations. Et enfin, considérant que toutes les mêmes pensées, que nous avons étant éveillés, nous peuvent aussi venir, quand nous dormons, sans qu'il y en ait aucune, pour lors, qui soit vraie, je me résolus de feindre que toutes les choses qui m'étaient jamais entrées dans l'esprit n'étaient non plus vraies que les illusions de mes songes. Mais, aussitôt après, je pris garde que, pendant que je voulais ainsi penser que tout était faux, il fallait nécessairement que moi, qui le pensais, fusse quelque chose. Et remarquant que cette vérité, je pense donc je suis, était si ferme et si assurée, que toutes les plus extravagantes suppositions des sceptiques n'étaient pas capables de l'ébranler, je jugeai que je pouvais la recevoir, sans scrupule, pour le premier principe de la philosophie que je cherchais. »

René Descartes, in *Discours de la méthode* (quatrième partie)

Dans ce passage, Descartes utilise le procédé de l'analepse pour parvenir à son fameux « je pense donc je suis ». Le cheminement logique qui le conduit à cette conclusion est présenté au passé : Descartes décrit comment cette vérité a surgi. L'analepse permet ici d'asseoir la scientificité de la démonstration.

Aposiopèse

L'aposiopèse est une interruption dans le déroulement syntaxique du propos. Elle fait sens non pas concernant le propos, mais concernant la situation de celui qui l'énonce.

« Lisette
Ah ! Tirez-moi d'inquiétude ? En un mot, qui êtes-vous ?
Arlequin
Je suis... N'avez-vous jamais vu de fausse monnaie ? »

Marivaux, in *Le Jeu de l'amour et du hasard* (acte III, scène 6)

Le ressort dramatique du *Jeu de l'amour et du hasard* est fondé sur l'échange des rôles : les valets ont endossé les habits des maîtres et les maîtres ceux des valets. Mais chacun pense qu'il est seul à avoir utilisé ce subterfuge. Lorsque Arlequin s'apprête à dévoiler sa propre identité à Lisette, il s'interrompt brusquement. Marivaux utilise ici le procédé de l'aposiopèse, marqué par les points de suspension. Cette interruption permet de faire durer le jeu et le suspense en évitant de rompre le ressort dramatique. Ce procédé peut se lire aussi comme un clin d'œil de Marivaux qui montre ainsi le pouvoir du dramaturge : selon ce qu'il dit et quand, le théâtre se fait ou pas. Il joue aussi avec le pacte implicite créé avec le spectateur : le suspense existe parce que le public en sait davantage que les personnages.

Apostrophe

L'apostrophe est une interpellation directe. Elle peut interpeller une personne, présente ou pas, ou une entité abstraite. Classiquement, elle est introduite par : Ô...

« Sois, ma lèvre, la rose effeuillant le baiser
Qui fasse un spectre cher lentement s'apaiser,
Car la nuit parle à demi-voix, proche et lointaine,
Aux calices pleins d'ombre et de sommeils légers
Mais la lune s'amuse aux myrtes allongés.

Je t'adore sous ces myrtes, ô l'incertaine
Chair pour la solitude éclose tristement
[...]

Adieu, Narcisse... Meurs ! Voici le crépuscule. »

Paul Valéry, « Narcisse parle »

La fin du poème est fondée sur une succession d'apostrophes. Comme le titre l'indique, on est ici dans la parole de Narcisse (« Narcisse parle »). Le jeune homme s'est perdu en tombant amoureux de sa propre image et c'est cette déperdition que met en lumière cette suite d'apostrophes. La première, « ma lèvre », insolite, marque la déstructuration de l'unité de Narcisse : en s'aimant, il devient pour ainsi dire étranger à lui-même. Ce dysfonctionnement est par ailleurs souligné par l'image renversée de la rose qui effeuille. Plus loin, c'est à sa propre chair qu'il s'adresse. Narcisse est au bord de la rupture ; sa personnalité est disloquée. On notera le rejet du mot « chair » qui donne toute sa puissance à l'adjectif « incertaine ». Pour finir, la séparation totale d'avec lui-même se lit dans la dernière apostrophe : « Narcisse », qui se solde inexorablement par la mort, suicide ou mise à mort.

Épanorthose

L'épanorthose est un procédé d'autocorrection qui consiste à revenir sur ce que l'on a dit en y apportant des nuances.

On parle aussi d'**expolition**, lorsque les nuances apportées ont pour vocation d'éclaircir le discours.

« Mais je voudrais bien savoir ce qu'est devenu mon gros polichinelle, je veux dire mon très respectable époux. »

Alfred Jarry, in *Ubu roi* (acte V, scène 1)

L'épanorthose que Jarry place dans le discours de la mère Ubu a bien sûr une vocation comique. Le couple Ubu se déteste et ne s'associe que pour conquérir, de manière tout à fait dérisoire évidemment, richesse, pouvoir et puissance. En pratiquant l'épanorthose, la mère Ubu corrige l'injure pleine de dédain qu'elle fait à son propre mari pour renforcer l'ironie de la formule « mon très respectable époux » tout à fait contraire à la réalité du personnage d'Ubu. Elle indique très clairement par ce biais ce décalage de sentiments. Jarry y place aussi toute la vanité et l'absurdité de ses personnages.

Épiphrase

L'épiphrase insère dans le discours une phrase ou un segment de phrase qui ne cherche qu'à dévoiler le ressenti de son auteur.

« – Blonde, en somme. Le nez mignon avec la bouche
Incardine, grasse et divine d'orgueil
Inconscient. – D'ailleurs plus fine que la mouche
Qui ravive l'éclat un peu niais de l'œil. »

Paul Verlaine, « L'allée », in *Fêtes galantes*

Dans « L'allée », Verlaine décrit le regard du narrateur sur une femme qui passe dans une allée. Celle-ci se rapproche et ces derniers vers la décrivent « de près ». Les épiphrases, signalées graphiquement par les tirets, sont, au milieu de la description, une forme de commentaire de la part du narrateur.

Parenthèse

La parenthèse est l'ajout d'un segment dissocié du reste de la phrase, signalé par des signes graphiques (parenthèses ou virgules) ou non.

On parle également de **parembole**.

« Je jouissais en paix du fruit de ma sagesse ;
Mais un trouble importun vient, depuis quelques jours,
De mes prospérités interrompre le cours.
Un songe (me devrais-je inquiéter d'un songe ?)
Entretient dans mon cœur un chagrin qui le ronge. »

Jean Racine, in *Athalie* (acte II, scène 5)

La parenthèse qui interrompt la phrase (« me devrais-je inquiéter d'un songe ? ») tend à contrebalancer l'inquiétude qui ronge Athalie. Par la retouche de son propos qu'elle tente d'introduire par ce biais, cette reine cruelle tend à reprendre son statut de maîtrise absolue qu'elle est pourtant en train de perdre.

Prolepse

La prolepse est le contraire du flash-back. Elle consiste à anticiper une situation et à en faire le récit. C'est un procédé souvent utilisé pour prévenir les objections de l'interlocuteur.

« On me demandera si je suis prince ou législateur pour écrire sur la politique ? Je réponds que non et que c'est pour cela que j'écris sur la politique. »

Jean-Jacques Rousseau, in *Du contrat social*

Cette phrase est extraite du préambule du *Contrat social*. C'est le lieu de présenter l'objectif de son discours, et d'exposer sa légitimité à le tenir. Ici, Rousseau utilise la prolepse en imaginant l'argument qu'on pourrait lui avancer pour réfuter sa légitimité. Ce procédé lui permet de contrer les objections avant même qu'elles aient été formulées, et d'asseoir sa légitimité avec plus de force.

On trouve également des utilisations plus poétiques de cette figure, comme dans ce passage de *Destinée arbitraire* :

« Demain on enterrera gratuitement
on ne s'enrhumera plus
on parlera le langage des fleurs
on s'éclairera de lumières inconnues à ce jour.
Mais aujourd'hui c'est aujourd'hui. »

Robert Desnos, in *Destinée arbitraire*

Par opposition à cet « aujourd'hui », Desnos construit ici un futur idéal, utilisant le procédé de la prolepse pour projeter ce que pourrait (devrait ?) être ce demain.

4) Dialectique

Antiphrase

Dans l'antiphrase, on utilise un mot tout en indiquant implicitement qu'on l'utilise en réalité dans un sens contraire à son emploi courant.

C'est une des modalités de l'**ironie**.

Alain Robbe-Grillet délivre dans ce passage un bel exemple d'antiphrase, dont il explicite par la même occasion le fonctionnement :

« L'homme continua : "Tu peux espérer que je vais bien la recevoir." Il insista sur le mot "bien", de manière à montrer qu'il fallait comprendre tout le contraire. En outre, comme beaucoup de gens de l'île, il employait "espérer" à la place de "présumer" – qui, dans le cas présent, signifiait plutôt "craindre". »

Alain Robbe-Grillet, in *Le Voyeur*
(cité par Bernard Dupriez, *Gradus*)

Chleuasme

Le chleuasme est une forme d'autodérision dont l'auteur fait part dans l'espoir d'une réfutation implicite de son interlocuteur.

« Orgon
Ce que je viens d'apprendre, ô Ciel, est-il croyable ?
Tartuffe
Oui, mon frère, je suis un méchant, un coupable,
Un malheureux pécheur, tout plein d'iniquité,
Le plus grand scélérat qui jamais ait été ;
Chaque instant de ma vie est chargé de souillures ;
Elle n'est qu'un amas de crimes, et d'ordures »

Molière, in *Tartuffe* (acte III, scène 6)

Orgon s'est attaché à Tartuffe, qui témoigne, avec la plus grande hypocrisie, de sa piété et d'une amitié sans bornes à son égard. Alors que sa fille, Mariane, doit épouser Valère, il décide de rompre son engagement et de la marier à Tartuffe. Quand ce dernier déclare sa flamme à la mère de sa promise, Damis, le frère de Mariane, entend tout et rapporte ce qu'il a vu à son père. Pour se défendre, Tartuffe utilise le procédé du chleuasme : il se mortifie de façon appuyée pour que son prétendu aveu renforce la crédulité de son interlocuteur. C'est précisément dans ce piège que va tomber Orgon. L'auto-accusation apparaît à ses yeux comme un gage de la piété du dévôt.

Ironie

L'ironie est un procédé qui consiste à dire une chose tout en indiquant qu'on veut précisément dire le contraire.

Cette figure fonctionne sur la base d'une complicité avec le lecteur qui comprendra, en général grâce au contexte du discours, le double niveau de langage qu'elle met en œuvre.

« Ceux dont il s'agit sont noirs depuis les pieds jusqu'à la tête ; et ils ont le nez si écrasé qu'il est presque impossible de les plaindre.
On ne peut se mettre dans l'idée que Dieu, qui est un être très sage, ait mis une âme, surtout une âme bonne, dans un corps tout noir. »

Montesquieu, in *De l'esprit des lois* (Livre XV, chapitre 5)

Ces phrases sont extraites du chapitre de l'*Esprit des lois* consacré à « l'esclavage des nègres ». Montesquieu est opposé à cette pratique et, lorsqu'il délivre ces affirmations, il pratique l'ironie : il dit cela en indiquant très clairement qu'il pense le contraire. Son objectif est d'exposer l'absurdité des arguments de ceux qui sont pour l'esclavage. Pour éviter tout quiproquo, il précise d'ailleurs bien cette intention un peu plus tôt dans le texte : « Si j'avais à soutenir le droit que nous avons eu de rendre les nègres esclaves, voici ce que je dirais », affirmant combien cette pratique s'oppose selon lui au droit.

Prétérition

La prétérition est un procédé qui consiste à dire qu'on ne va pas parler de ce dont précisément on est en train de parler.

« J'aurais aimé commencer cette histoire à la façon des contes de fées. J'aurais aimé dire :
"Il était une fois un petit prince qui habitait une planète à peine plus grande que lui, et qui avait besoin d'un ami..." Pour ceux qui comprennent la vie, ça aurait eu l'air beaucoup plus vrai. »

Antoine de Saint-Exupéry, in *Le Petit Prince*

Saint-Exupéry utilise ici une forme un peu particulière de la prétérition puisque celle-ci fait référence non plus à quelque chose que l'on dit en disant qu'on ne le dit pas, mais à quelque chose qu'on dit en disant qu'on ne l'a pas dit. Elle produit cependant un double effet : d'abord celui de faire parler directement le narrateur, apportant à la fois distance et appropriation du discours, ensuite celui de donner un sens nouveau à la lecture à opérer sur le texte, et de modifier (ou de conforter) la lecture qui a été faite des pages qui précèdent.

Substitution

La substitution provoque un effet de surprise fondé sur l'utilisation d'une formule ou d'une formulation attendue, dont on remplace certains mots par d'autres, que l'on n'attendait pas.

« Les vieux ne parlent plus ou alors seulement parfois du bout des yeux. »

Jacques Brel, « Les vieux »

Alors que la logique et un usage courant attendraient « du bout des lèvres », Brel utilise ici la substitution pour dire avec plus de force la vieillesse. Par le biais de ce procédé, la faculté de la parole des « vieux » leur est progressivement retirée, comme un mouvement inexorable vers la mort.

À vous de jouer !

Voici quelques exercices sous forme de QCM[1] pour tester vos connaissances des figures de style. Ils portent en particulier sur les figures les plus importantes – du moins les plus fréquentes – mais permettent également de faire le point sur la majeure partie des figures abordées ici.

Pensez à vous reporter aux articles consacrés aux figures dont il est question dans l'exercice (surtout en cas d'erreur !) et, dans la mesure du possible, à réfléchir à l'effet produit dans le cas des citations ; à trouver un exemple lorsqu'il s'agit de nommer une figure d'après sa définition ou l'inverse.

1. À partir de la série n° 2, il y aura dans chaque série une question... sans choix multiple ! Une manière de vous exercer à reconnaître une figure sans l'aide de la déduction.

Série n° 1

1. Une assonance est :
   A. la répétition de sons vocaliques (voyelles ou diphtongues),
   B. la répétition de sons consonantiques,
   C. la répétition d'un mot en début de vers ou de phrase.

2. Lorsque, dans *Le Cid*, Corneille évoque : « Cette obscure clarté qui tombe des étoiles », quelle figure utilise-t-il ?
   A. Une inclusion.
   B. Un oxymore.
   C. Une hypallage.

3. Lorsque l'on dit « le toit du monde » pour désigner l'Himalaya, quelle figure de style utilise-t-on ?
   A. Une allégorie.
   B. Une périphrase.
   C. Une synecdoque.

4. Dans ces vers d'*Horace* (acte IV, scène 6) : « Rome, l'unique objet de mon ressentiment ! / Rome, à qui vient ton bras d'immoler mon amant ! / Rome qui t'a vu naître, et que ton cœur adore ! / Rome enfin que je hais parce qu'elle t'honore ! », quelle figure de construction Corneille emploie-t-il ?
   A. L'antithèse.
   B. Le chiasme.
   C. L'anaphore.

5. La comparaison suppose que l'on emploie des mots comme « tel », « comme ». Vrai ou faux ?

6. Classez ces figures de l'intensité selon qu'elles procèdent par atténuation ou par amplification :
   Exténuation – hyperbole – emphase – litote – euphémisme.

7. Reliez chaque citation à sa figure :

A. « Je vis cette faucheuse. Elle était dans son champ. Elle allait à grands pas moissonnant et fauchant, Noir squelette laissant passer le crépuscule. » (Victor Hugo, *Les Contemplations*) •	• 1. Prosopopée
B. « [...] l'Habitude venait de me prendre dans ses bras et me portait jusqu'à mon lit comme un petit enfant. » (Proust, *Du côté de chez Swann*) •	• 2. Allégorie
C. « Je suis la pipe d'un auteur ; On voit, à contempler ma mine, D'Abyssinienne ou de Cafrine, Que mon maître est un grand fumeur. » (Baudelaire, « La Pipe ») •	• 3. Personnification

8. Lorsque, par ironie, on dit le contraire de ce que l'on veut signifier, on emploie :

   A. une antiphrase,
   B. une litote,
   C. un balancement.

9. Dans la « tirade du nez » de *Cyrano de Bergerac*, quelle figure de style Edmond Rostand utilise-t-il lorsqu'il fait dire à son personnage : « C'est un roc !... c'est un pic !...

c'est un cap ! Que dis-je, c'est un cap ?... C'est une péninsule ! » ?

A. La gradation.
B. L'ironie.
C. L'hyperbole.

10. La paronomase est une figure :
   A. de substitution,
   B. de sonorités,
   C. de répétition.

Réponses

1. A / 2. B / 3. B / 4. C / 5. Vrai / 6. atténuation : litote, euphémisme, exténuation ; amplification : hyperbole, emphase / 7. A=2 ; B=3 ; C=1 / 8. A / 9. A / 10. B.

Série nº 2

1. Lorsqu'on parle de « personne à mobilité réduite » pour désigner une personne handicapée, quelle figure de style utilise-t-on ?

   A. Une métaphore.
   B. Une gradation.
   C. Un euphémisme.

2. Quelle figure Arthur Rimbaud utilise-t-il pour planter le décor du « Dormeur du val » dans la première strophe du poème : « C'est un trou de verdure où chante une rivière / Accrochant follement aux herbes des haillons / D'argent ; où le soleil de la montagne fière, / Luit ; C'est un petit val qui mousse de rayons » ?

   A. L'hypotypose.
   B. L'allitération.
   C. Le chiasme.

3. Reliez ces expressions à la figure de style qu'elles exploitent :

A. Je meurs de faim. •	• 1. Métonymie
B. À la fin du spectacle, la salle était debout. •	• 2. Hyperbole
C. Les pays en voie de développement. •	• 3. Euphémisme

4. La Fontaine dans la fable « Le Chêne et le Roseau » désigne ainsi le Chêne : « Celui de qui la tête au ciel était voisine / Et dont les pieds touchaient à l'Empire des Morts ». Quelle figure de style utilise-t-il ?

   A. Une métaphore.
   B. Une comparaison.
   C. Une périphrase.

5. L'asyndète est :
   A. la reprise au début d'une phrase d'un mot de la phrase précédente,
   B. l'absence de lien de coordination ou de subordination entre les phrases ou les propositions,
   C. le rapprochement de deux homonymes.

6. Parmi ces figures, lesquelles peut-on qualifier de figures de répétition :
   A. épanadiplose,
   B. anacoluthe,
   C. inclusion,
   D. épitrochasme,
   E. attelage,
   F. antépériphore.

7. « Mot forgé » est une autre appellation de « néologisme ». Vrai ou faux ?

8. Dans cette strophe du poème « Les Bijoux » : « Et son bras et sa jambe, et sa cuisse et ses reins, / Polis comme de l'huile, onduleux comme un cygne, / Passaient devant mes yeux clairvoyants et sereins ; / Et son ventre et ses seins, ces grappes de ma vigne », Baudelaire emploie tour à tour :
   A. 2 comparaisons et 1 métaphore,
   B. 3 métaphores,
   C. 3 comparaisons,
   D. 1 métaphore et 2 comparaisons,
   E. 1 métaphore, 1 comparaison et 1 métaphore.

9. La synecdoque est un cas particulier de :
   A. la répétition,
   B. l'oxymore,
   C. la métonymie.

10. Jacques Prévert commence son « Pater noster » par ces deux vers : « Notre Père qui êtes aux cieux, / Restez-y ». Quelle figure utilise-t-il pour affirmer son rapport à la religion ?

Réponses

1. C / 2. A / 3. A=2 ; B=1 ; C=3 / 4. C / 5. B / 6. A, C et F / 7. Faux : dans le néologisme, l'invention d'un mot nouveau se fait sur la base d'une racine lexicale existante, contrairement au mot forgé, inventé « de toutes pièces ». / 8. A / 9. C / 10. Il crée l'effet de surprise en détournant la prière « Pater noster » que l'on peut identifier à ses premiers mots (une apostrophe, soit dit en passant) grâce au procédé de la substitution.

Série n° 3

1. Dans ces vers du poème XXII des *Fleurs du mal* : « Je t'adore à l'égal de la voûte nocturne, / Ô vase de tristesse, ô grande taciturne », quelle figure Baudelaire emploie-t-il ?
   A. Une anaphore.
   B. Un chiasme.
   C. Une apostrophe.

2. Utiliser la fausse modestie pour que son interlocuteur réfute implicitement cette autodépréciation. Telle pourrait être la définition :
   A. du chleuasme,
   B. du zeugma,
   C. de l'antithèse.

3. Quelle est la figure que Racine emploie dans ce vers d'*Andromaque* (acte V, scène 5) : « Pour qui sont ces serpents qui sifflent sur vos têtes ? »
   A. Une métonymie.
   B. Une allitération.
   C. Un oxymore.

4. Dans une métaphore, le comparé n'est jamais nommé. Vrai ou faux ?

5. Dans ce vers célèbre de « La Laitière et le Pot au lait », « Le lait tombe ; adieu veau, vache, cochon, couvée », quelle figure La Fontaine emploie-t-il ?
   A. L'asyndète.
   B. L'ironie.
   C. La tmèse.

6. L'épanorthose est une figure :
   A. d'opposition,
   B. de répétition,
   C. de digression.

7. « Mourir pour des idées, l'idée est excellente... » Quelle figure Georges Brassens utilise-t-il ici ?
   A. L'antithèse.
   B. L'épanorthose.
   C. L'anadiplose.

8. Reliez chacune de ces expressions à la figure de style correspondante :

A. Mais comment est-ce possible ?	•	•	1. Métaphore
B. C'est un géant !	•	•	2. Hyperbole
C. 40° à l'ombre, c'est un vrai four !	•	•	3. Interrogation oratoire

9. « Quelques braves gens mourraient, dont c'était le métier. » Quelle figure de style Marguerite Yourcenar utilise-t-elle dans cet extrait de *L'Œuvre au noir* ?
   A. L'hyperbate.
   B. L'anacoluthe.
   C. Le réamorçage.

10. « Votre âme est un paysage choisi. » Quelle figure de style Verlaine emploie-t-il dans ce vers de « Clair de lune » ?

Réponses

1. C / **2.** A / **3.** B (on pourrait même parler d'harmonie imitative) / **4.** Faux / **5.** A / **6.** C / **7.** C / **8.** A=3 ; B=2 ; C=1 / **9.** A / **10.** Il compare l'âme à un paysage sans employer de terme indiquant la comparaison (tel, comme, etc...) : il s'agit donc d'une métaphore.

Série n° 4

1. Reliez ces expressions à la figure de style qu'elles exploitent :

A. Pas bête ! •	• 1. Comparaison
B. Gai comme un pinson. •	• 2. Litote
C. Paris a annoncé d'importantes décisions. •	• 3. Synecdoque

2. Le chiasme est une figure de construction qui dessine une phrase selon motif suivant :
   A. ABA'B'
   B. ABB'A'

3. Dans cette première strophe de « Sur la mort de Marie » : « Comme on voit sur la branche au mois de Mai la rose / En sa belle jeunesse, en sa première fleur / Rendre le ciel jaloux de sa vive couleur, / Quand l'Aube de ses pleurs au point du jour l'arrose », quelle figure Ronsard exploite-t-il ?
   A. L'antépériphore.
   B. La personnification.
   C. La métonymie.

4. Lorsqu'on poursuit une métaphore, on parle de :
   A. métaphore continue,
   B. métaphore filée,
   C. métaphore fleuve.

5. Dans ce couplet de *Ne me quitte pas* : « Moi je t'offrirai des perles de pluie venues de pays où il ne pleut pas. Je creuserai la terre jusqu'après ma mort pour couvrir ton corps d'or et de lumière. Je ferai un domaine où l'amour sera roi, où l'amour sera loi, où tu seras reine. » Quelle figure Jacques Brel utilise-t-il ?
   A. La prolcpsc.
   B. La diaphore.
   C. L'ellipse.

6. Reliez ces figures à leur procédé :

A. Anacoluthe •	• 1.	accumulation de termes brefs placés sur le même plan syntaxique,
B. Épitrochasme •	• 2.	rupture de la construction syntaxique,
C. Disjonction •	• 3.	absence de répétition d'un terme dont plusieurs dépendent syntaxiquement.

7. « Ô Beauté ! ton regard, infernal et divin, / Verse confusément le bienfait et le crime. » Quelle figure Baudelaire utilise-t-il à deux reprises dans ces vers ?
   A. L'antithèse.
   B. Le balancement.
   C. L'ellipse.

8. La concaténation est la répétition du procédé de l'anadiplose. Vrai ou faux ?

9. Mettre en parallèle grâce à une symétrie syntaxique. C'est ainsi que pourrait se définir :
   A. l'inclusion,
   B. l'érosion,
   C. le balancement.

10. Dans son oraison funèbre de Marie-Thérèse d'Autriche, Bossuet dit : « Je n'ai pas besoin de vous dire que c'est Dieu qui donne les grandes naissances, les grands mariages, les enfants, la postérité. » Quelle figure emploie-t-il ?

Réponses

1. A=2 ; B=1 ; C=3 / **2.** B / **3.** B / **4.** B / **5.** A / **6.** A=2 ; B=1 ; C=3 / **7.** A / **8.** Vrai / **9.** C / **10.** Il affirme quelque chose tout en disant ne pas avoir besoin de le dire ! Il s'agit du procédé de la prétérition.

Série n° 5

1. On parle de métaplasme lorsqu'un mot est altéré. Reliez chaque cas à l'altération qu'il produit :

A. Aphérèse •		• 1. suppression d'un phonème en milieu de mot.
B. Apocope •		• 2. suppression d'un phonème en début de mot.
C. Syncope •		• 3. suppression d'un phonème en fin de mot.

2. « La Terre est bleue comme une orange » est une comparaison. Vrai ou faux ?

3. Féminin ou masculin ? Quel est le genre du nom de ces figures de style ?
   A. Hypallage.
   B. Oxymore.
   C. Hendiadyn.
   D. Anagramme.

4. « Le néant a produit le vide, le vide a produit le creux, le creux a produit le souffle, le souffle a produit le soufflet et le soufflet a produit le soufflé. » Quelle figure Paul Claudel utilise-t-il dans ce passage du *Soulier de satin* ?
   A. Le miroir.
   B. La concaténation.
   C. L'antanaclase.

5. Reliez ces phrases à la figure correspondante :

A. On va boire un verre ? •		• 1. Périphrase
B. Le pays du soleil levant. •		• 2. Métonymie
C. Je ne vous ferai pas l'affront de vous rappeler cette formule. •		• 3. Prétérition

6. « Je me couche toujours très tôt et fourbu, et cependant on ne relève aucun travail fatigant dans ma journée. » Dans cet extrait de « Une vie de chien » quelle figure Henri Michaux utilise-t-il ?
   A. L'érosion.
   B. L'enchâssement.
   C. L'hendiadyn.

7. Les correspondances sont une figure de :
   A. l'opposition,
   B. l'analogie,
   C. l'exagération.

8. « À la tienne, Etienne », « Te fais pas de bile, Emile. » Ces expressions du langage courant utilisent une figure de style. Il s'agit de :
   A. la reprise,
   B. l'enjambement,
   C. l'homéotéleute.

9. « Je fais souvent ce rêve étrange et pénétrant / D'une femme inconnue, et que j'aime, et qui m'aime. » Dans ces deux premiers vers de « Mon rêve familier », Verlaine utilise tour à tour deux figures de style. Desquelles s'agit-il ?

10. Reliez chacun de ces extraits de *Belle du Seigneur* à la figure qu'il utilise :

A. « En vérité, en vérité, je vous le dis l'épouse qui presse le furoncle du mari pour en faire tendrement sortir le pus, c'est autrement plus grave et plus beau que les coups de reins et sauts de carpe de la Karénine. » •	• 1. Question oratoire
B. « J'avais besoin de sa tendresse, cette tendresse qu'elles ne donnent que si elles sont en passion, cette maternité divine des femmes en amour. » •	• 2. Réduplication
C. « Juliette aurait-elle aimé Roméo si Roméo avait eu quatre incisives manquantes, un grand trou noir au milieu ? » •	• 3. Épanode

Réponses

1. A=2 ; B=3 ; C=1 / 2. Vrai / 3. A fém. ; B masc. ; C masc. ; D fém. / 4. B / 5. A=2 ; B=1 ; C=3 / 6. C / 7. B / 8. C / 9. Dans le premier vers, les sons vocaliques sont répétés : il s'agit de l'assonance. Dans le deuxième, Verlaine construit son vers selon le procédé de l'antimétabole. / 10. A=2 ; B=3 ; C=1.

Lexique

Nous avons choisi de définir certains termes qui apparaissent au cours de cet ouvrage et qui méritent, à notre sens, d'être explicités d'un point de vue linguistique. On ne les donnera ici que dans cette acception, qui peut différer, pour certains termes, d'un usage courant ou appeler, dans ce cadre, des spécifications supplémentaires. Elles vous permettront de comprendre avec précision ce à quoi se réfèrent ces termes quand on les emploie dans le cadre des figures de style et, plus largement, de la lecture stylistique d'un texte.*

Aphorisme : Énoncé bref et ramassé ayant une visée didactique. L'aphorisme agit par sa forme, concise et frappante, pour délivrer une vérité.

Connotation : Composante non stable du signifié*. La connotation délivre le sens particulier d'un mot, c'est-à-dire tout ce qui ne fait pas partie de sa définition *stricto sensu*, tout ce que sa signification* comporte de subjectif, et de variable en fonction du contexte.

Dénotation : Composante stable du signifié*. La dénotation correspond à la définition d'un mot telle qu'on la trouve dans un dictionnaire. C'est la part invariante et objective de la signification* du mot, celle qui désigne directement le référent* du mot.

Dialectique : Ensemble des outils et moyens (certaines figures de style notamment) qu'un texte met en œuvre pour convaincre.

Énonciation : « Mise en fonctionnement de la langue par un acte individuel d'utilisation » (Benvéniste). L'énonciation est la production d'un discours, et l'ensemble des conditions, circonstances et modalités de cette production, par un individu (émetteur) vers un autre (récepteur).

Isotopie : Ensemble des entités qui, dans un texte, se rapportent, par dénotation*, connotation* ou analogie à un même thème.

Phonème : Plus petite unité audible dans la prononciation d'un mot. Par exemple, on compte **onze** phonèmes dans le mot « universitaire » : u – n – i – v – e – r – s – i – t – ai – re.

Poétique : Ensemble des qualités esthétiques d'un texte. La poétique comprend l'ensemble des caractéristiques qui font d'un texte un texte littéraire.

Référent : Entité désignée par le mot. Le référent est ce à quoi renvoie concrètement le mot comme signe* linguistique.

Sémantique : Qui a trait au contenu d'un mot, c'est-à-dire à sa signification*.

Sème : Plus petite unité de signification*. Les sèmes peuvent être dénotatifs (dénotation*) ou connotatifs (connotation*).

Sens : Concept auquel fait référence le signe*.

Signe : Unité linguistique constituée d'une partie sensible et d'une partie abstraite, respectivement « image acoustique » et « concept », selon la terminologie saussurienne.

Signifiant : Manifestation matérielle du signe*. Le signifiant est le contenant du mot, constitué d'une suite de phonèmes*, et servant de support au sens*.

Signification : Ensemble des entités auxquelles se réfère un mot. La signification est constituée à la fois de la dénotation* et de la connotation* du mot.

Signifié : Composante sémantique* du signe*. Le signifié est le contenu du mot.

Stylistique : La stylistique se penche sur le style du texte, autrement dit sur l'ensemble des éléments qui en fondent la singularité. C'est la discipline qui étudie l'expressivité d'un texte et les moyens qu'il met en œuvre pour la délivrer.

Syntaxe : Ensemble des règles qui, dans une langue, induisent l'ordre des mots, ainsi que l'organisation et la construction des phrases.

Index

Vous trouverez dans cette liste l'ensemble des figures de style que nous avons définies, ainsi que les synonymes, antonymes ou formes dérivées de la figure principale que nous vous signalons dans certaines définitions.

En gras figurent les termes qui constituent les entrées de ce mémo, suivis de la page où vous trouverez leur définition. En maigre, les figures auxquelles n'est pas consacrée une entrée à part entière sont suivies du numéro de page et de l'article où elles apparaissent.

Les indications en italique vous permettront de retrouver des articles qui n'ont pas pour objet cette figure, mais qui y font mention.

Table des matières

Librio

710

Composition PCA – 44400 Rezé
Achevé d'imprimer en Italie par Grafica Veneta
en avril 2016 pour le compte de E.J.L.
87, quai Panhard-et-Levassor, 75013 Paris
EAN 9782290030219
1er dépôt légal dans la collection : septembre 2011

Diffusion France et étranger : Flammarion